随心歌

——2019年新诗集

王绶青题

高治军 著

河南大学出版社
HENAN UNIVERSITY PRESS
·郑州·

图书在版编目（CIP）数据

随心歌：2019年新诗集 / 高治军著. —郑州：河南大学出版社，2020.6

ISBN978-7-5649-4313-4

Ⅰ. ①随… Ⅱ. ①高… Ⅲ. ①诗集－中国－当代 Ⅳ. ①I227

中国版本图书馆CIP数据核字（2020）第084208号

责任编辑 姜 畅 范 昕
责任校对 陈 巧
封面设计 翟淼淼
封面题字 王绥青

出　　版 河南大学出版社
地址：郑州市郑东新区商务外环中华大厦2401号
邮编：450046
电话：0371-86059701（营销部）
网址：hupress.henu.edu.cn
排　　版 郑州市今日文教印制有限公司
印　　刷 河南瑞之光印刷股份有限公司
版　　次 2020年6月第1版
印　　次 2020年6月第1次印刷
开　　本 890 mm×1240 mm 1/32　　**印　　张** 9.625
字　　数 170千字　　**定　　价** 48.00元

序言一

随心而歌不逾矩

——论高治军探索当代诗歌发展的第三条道路

刘　涛

从形式上讲，当代诗歌大致可分为现代与传统两个系统：一为新诗，一为古体诗。古体诗代表对中国传统诗词创作体式的延续与坚守，新诗则代表对中国传统诗词体式的否定与革命。新诗与古体诗，一现代、一传统，一新潮、一古典，大致代表了当代诗人在诗歌形式与诗歌美学上的两种选择。但是否可以说，当代诗歌的体式选择，只有非此即彼的两种呢？非也。在新诗与古体诗之外，当代诗歌的形式探索还有着第三条道路，即新古体诗的发展道路。贺敬之曾对新古体诗有过界定：或长或短，或五言或七言的近于古体歌行的体式，而不是近体的律句或绝句……无须严格遵守近体诗关于字、句、韵、对仗，特别是平仄声律的某些规定。质言之，新古体诗就是采用传统古体诗的外在形式，而放弃古典格律诗关于诗词平仄声律、对仗、押韵的严苛规定。

新古体诗的诗学主张，内生于新诗对传统诗歌体式的革命性变革之中。随着新诗的诞生，新诗与旧体诗或古体诗之争便已开启。在新诗与古体诗的激烈对峙与彼此竞争下，必然会产生另一种折中选择，走非新非旧、既新又旧的第三条道路，即新古体诗道路。新诗诞生以来，凡抱此主张，既不走新诗道路，又不恪守古典格律诗的体式规范，而主张对格律诗的诗学规范予以适度变通者，都可纳入新古体诗这一系统。纵观20世纪至今的诗歌发展道路，持此主张者大有人在，如贺敬之、丁芒、黄淮等。实践新古体诗的，既有新诗作者，也有古体诗作者，已经形成了一个比较稳定的作者队伍。这个群体中，河南著名诗人高治军，对于新古体诗的探索与实践，无疑是非常执着、勤奋且取得辉煌成就的一位。

高治军属于高产诗人。2005年他的第一部诗集《我手写我心》出版，之后，其创作力呈井喷状态，连续出版《沐春踏歌行》（2007年）、《大河飞歌》（2008年）、《瀛海行》（2008年）、《微雨燕子飞》（2009年）、《诗颂中原》（2011年）、《欧风美雨》（2012年）、《河洛高歌》（上、下）（2016年）等多部诗集。这些诗集中，《沐春踏歌行》被“学生范文网”推荐为经典文学读物，《大河飞歌》获河南省第五届文学艺术优秀成果奖，《诗颂中原》《欧风美雨》入选河南省农家书屋书目。由于诗歌创作方面的杰出成就，他被授予

“建国60周年感动中国的百位当代诗词家”“中华诗词复兴杰出艺术家”“中华诗词复兴功勋艺术家”等荣誉称号。高治军诗歌创作之高质多产，固然来自其丰沛旺盛的创作欲、喷薄而出的诗思、洒脱不羁的才情，但也和他找到新古体诗这一得心应手的诗歌体式有关。对于新古体诗的形式探索，高治军有着高度的理论自觉：“我主张引传统为现代的新古体诗创作，保留传统形式，注入现代内容。在新诗和古典诗词之外开创第三条路，在现代和传统之间寻找最大公约数，探索真正属于我们民族自身的优秀诗歌艺术。”新古体诗兼有古体诗与新诗之长而去其所短，既音韵和谐、形式整饬，又自由洒脱、无所拘束，诚如他所说，找到了新旧诗之间的最大公约数，继承了传统，又发展了传统。综观其诗歌创作，可发现高治军的新古体诗创作主要有以下特点。

善于用韵。用韵是古体诗的重要特点，古典诗词的音韵之美，很大程度上是从押韵获得的。正如王绶青所说：诗歌属于韵文范畴，不管写新诗，不管写古诗，不管写新古体诗，最好都要押韵。有韵则生，无韵则死；有韵则雅，无韵则俗；有韵则远，无韵则局。高治军新古体诗形式实践的主要内容之一，就是保留和吸收了古体诗用韵的传统。他的诗大部分押韵，如《梵蒂冈》共十二句，第一、二、四、五、六、八、十、十二句皆押

“ang”韵；《决斗场》共四句，第一、二、四句同样押“ang”韵；《游圣保罗》共六句，第一、三、四、五、六句押“an”韵；《康百万庄园》押“an”韵；《郑州吟》押“ou”韵。不同的韵有着不一样的音色和格调，其所产生的心理暗示和情感色彩是截然不同的。如“ang”韵，上扬、响亮，慷慨、激昂，给人以开朗、乐观、向上、明畅之感。杜甫《闻官军收河南河北》所用“ang”韵，就与该诗所表达的狂喜欢畅之情，达到了一种高度契合。对此，高治军有着清醒的认识。他非常善于使用不同的韵律，来表达丰富微妙的情感。如《百期华章》用“ang”韵，声音铿锵响亮，歌颂了《河南教育通讯》建刊一百期所取得的辉煌业绩及对中国教育事业所作出的巨大贡献。《赠郭君》则用“en”“in”韵，声音低沉坚实，以此来表达友谊的真挚厚重。《奇山秀水》描绘武汉大学校园之美，句尾统一用“an”韵，声音婉转有致，表达了诗人对校园生活的向往和留恋，韵与情之间可谓弥合无间、自然天成。诗人从诗体的高度看待用韵，认为“诗应押韵，不韵非诗”。鉴于此种认识，他对用韵问题给予了高度重视，其诗作反复斟酌与修改的重点，就是用韵，这从他诗作的版本变迁可窥知一二。如《嘉应观》一诗押“an”韵，在诗集《沐春踏歌行》中，该诗题为《游嘉应观》，第一句不押韵，为“四月春风到嘉应”。

该诗收入《河洛高歌》时，为了使该句押韵，诗人进行了反复细致的修改，把它改为“四月春风嘉应观”。改动后，第一句押“an”韵，不但与其他句声音和谐，且奠定了整首诗的基调。其他诗歌，如《鲁山行》，该诗起初收在《沐春踏歌行》，后来收入《河洛高歌》时，诗人同样对此诗进行了部分修改，修改的重点，同样是句尾押韵方面，由此可见高治军对诗歌用韵问题的重视。如何巧妙自然地用韵，是他诗歌创作及修改中时时关注的一个重要问题。

对于古体诗的外在形式，高治军采用“辩证继承”法。这里所谓的“辩证继承”，指继承传统古体诗形式的主要方面，每行的字数一致，主要采用五言与七言的形式，部分采用四言与六言的形式，还有一部分采用传统词曲的形式。但在诗句的行数安排上，高治军则进行了大胆创新，诗行多少，视诗人主体情感表达的需要，可长可短，无一定之规。在诗歌每句用字多少的安排上，高治军也有着自己的一番实践与探索。传统古体诗有四言、五言、六言、七言之分，五言诗与七言诗最多。而在五言诗与七言诗中，又以七言诗所占的份额较多。在字数上，从四言到五言，再到七言，中国诗歌的字数是逐渐增加的，这是一个趋势，也是一个规律。字数增加是出于表达情感的需要，更多的字数安排，为诗人表达更为复杂的情感提供了较为广阔的空间，同时，也为诗人艺术的施展，提供了更为开阔的闪转腾挪的空间。另外，从五言到七言，字数仅仅增加了两个，但诗歌由此呈现的音韵与风神，却有很大不同。形式虽然不能决定内容，但形式所包蕴的意味，却是不能低估的。这就是出自同一诗人之手的五言诗与七言诗其艺术韵味却迥不相同的重要原因。高治军对于传统古体诗形式的继承与实践，主要集中在七言与五言，其次是四言与六言。在此之外，他还实践了词体创作。

高治军创作的新古体诗以七言最多，他的这种选择不是偶然的，应该与七言诗字数较多，表达情感更为细致复杂有关。传统七言诗一般分三顿，呈“二、二、三”的节奏结构，也有人把它分为四顿，为“二、二、二、一”的节奏结构。两种分法，看似不同，其实是一致的。第二种分法只不过是把七言诗的后三字又分为“二、一”两顿罢了。古体诗音韵的和谐优美，既来自押韵和平仄参差，也来自每句的顿数一致。句与句之间顿数若不一致，即使平仄和谐、韵律规范，读起来也不一定朗朗上口。以闻一多为代表的新格律诗派，正是认识到这一点，才把“顿数一致”作为其新格律的主要标准。高治军吸收古体诗形式艺术上的精髓，严格遵循句与句顿数一致的基本规范，而摒弃了平仄参差的严苛规定，与新格律诗派对古典诗歌的形式传承，是一脉相承、异曲同工的。在顿数上，高治军的新古体诗与古体诗基本一致，他对古体诗的发展体现在节奏结构的安排上。传统七言诗的节奏结构一般为“二、二、三”，出格的很少。高治军在实践“二、二、三”的节奏结构外，还大胆尝试了“三、二、二”的结构，由此带来了相当不同的音韵效果。如《晨听鸟声感》一诗共十二句，每句皆为“三、二、二”的结构。以该诗前四句为例：

老斑鸠／彻声／长叹，
似催我／快读／诗篇。
布谷鸟／鸣唱／窗前，
好时光／切莫／停站。

这四句的节奏结构完全一致，皆为“三、二、二”，即分为三顿，第一顿为三字，第二顿、第三顿为两字。七言诗每句的重心一般在第三顿，但节奏结构变为“三、二、二”后，重心也随之改变，转移到第一顿上。节奏结构改变后，诗的韵律和调子也变了。“二、二、三”的节奏结构，带来的是吟唱或咏叹的调子。“三、二、二”的节奏结构，带来的则是述说或诉说的调子，与日常说话的调子较为接近，更为口语化一些。

除采用“三、二、二”的结构，改变传统七言诗的节奏韵律外，高治军还采用其他方法来改变七言诗的节奏。例如《中秋月》《永记端午》《睢阳城》等诗，这些诗在句子上以七言为主，但又辅以六言起句和句内重复的形式。六言分为两顿，每顿三字，为“三、三”的结构安排，每顿尾字相同，回环往复。如《睢阳城》的前六句为：

睢阳城，/城上城，
城下/还有/四五层。
睢阳城，/八卦城，
整个/城区/八卦形。
睢阳城，/水上城，
城在/烟波/浩渺中。

六句中，第一、三、五句皆为六言，两顿，呈“三、三”的节奏结构，顿与顿押韵；第二、四、六句皆为七言，三顿，呈“二、二、三”的节奏安排。这六句，虽然句之间的顿数不一致，字数也不一致，但读起来朗朗上口，节奏感很强，这就源自诗人的巧妙安排。六句看似字数不同，顿数不同，但若把六句划分为“二、二、二”三个单元，每个单元皆呈“六言、七言”的结构，每个单元的字数与顿数又是完全一致的，单元之间形成了回环往复的音乐效果，音韵和谐动听，颇具民歌风味。其他诗歌，如《王屋山》《归乡感》等诗，皆采用这种形式，吸取传统民间诗歌的艺术精华，表现现代人的感情生活，是诗人在诗歌形式上的一个独特创造。

高治军的新古体诗在语言上具有非常鲜明的个性。他的诗歌语言大俗大雅，雅而能俗，雅俗兼治。传统古体诗语言讲究雅洁之美，力避俗字俗语入诗。但高治军却反其道而行之，在语言上追求俗白、家常、清浅，尽量引入一些日常生活用语，这使他的新古体诗具有了丰富的生活味儿、浓厚的人情味儿。下面举出几首诗为例。《中秋月》："多少家庭喜团圆，几多诗人伤离别。""几多"完全是口语。《参观维多利亚市》："空气似洗净，芳草遍全城。三月大不冷，樱花姹嫣红。鸟在碧空飞，人若画中行。身置域外地，如入桃源中。"这首诗，除"姹嫣红""身置"等语，其他如"空气似洗净""芳草遍全城"全是家常语。尤为精彩的是"鸟在碧空飞，人若画中行"一联，全用家常语而对仗工稳，写景如画，可谓妙手天成。《参观伊丽莎白公园》："芳草碧连天，绿树成荫冠。白鹅戏清水，野鸭信步闲。海鸟空中飞，人迹亦稀现。自然相谐宜，故国何日见？"该诗虽不用口语，但语句浅白易懂，纯用白描，生动自然。《新西兰印象》：“青草一片片，牛羊几群群。城乡相和谐，邻居互可亲。南北两巨岛，偌大一牧村。”“一片片”“几群群”，相当口语化，而意境生动如画。《示儿远行》：“父母正壮年，身体甭记萦。唯盼中流柱，光我高门庭！”“甭”属于方言口语，在传统古体诗中一般是禁用忌用的，但高治军大胆用之，收到了相当好的表情达意效果。一个“甭”字，非常形象和生动，传达出普天下父母的爱子之情，令人不禁潸然泪下。当然，诗人用字虽追求清浅、口语化，但这并不是其最终目的。斟酌用字的最终目的，是为了更好地表情达意。对于高治军来说，最有效地表情达意，才是他用字的基本准则。为表情达意，他既可使用高度口语化的“甭”，又会采用书面化的文言词语如“唯”“光”等，口语与雅言之间的转换相当随意自然，达到了俗语、雅言的水乳交融。

刘涛（1971——　），河南省邓州人，教授，博士生导师。

序言二

自然率性　思想深邃

——阅读高治军先生诗作

李焕有

“一片叶子下安置一生的日子。花粉佐餐，露水茶饮，左邻一只叫花姑娘的甲壳虫，右邻两只忙忙碌碌的褐黄蚂蚁。”在如此喧嚣的时代里，这些桃花源式的生活状态总能迅速滤去我内心的浮躁。心静之时，脑海中又一次跳出了在我心中萦绕三年的一位诗人——高治军先生。他的诗很有味道但又不那么斧凿，他的诗集我常常放在案头，读之趣味盎然，但要写出一点读后的感受，却又找不到恰切的突破口。三年时间，脑海里无数次地翻腾，构思，否定；欲望又起，再否定，反反复复，成了一个让我无奈而又牵挂的“心结”。今天，读到了刘程亮《一片叶子下生活》中的文字，心中豁然开朗。高治军先生不就是在“一片叶子下安置一生”的人吗？只不过，工作、旅途是他的叶子，花粉、露珠是逗点，甲壳虫、黄蚂蚁是诗行，成就了一篇篇饱含其思想和智慧的诗篇。

和高先生聊天，或者阅读他的诗歌，“别无所图，但求心安”的超脱和淡然，给我留下了深刻的印象。但是，“无所图”不是对人生的懈怠和敷衍，是“只管耕耘不问收获”的良心践行。在践行中，又遵循儒家理想的“自强不息”。这样的评价也吻合他的自画像：“等闲不坠青云志，忙碌声中求淡然。”

一、心正诗意纯

儒家思想告诉我们，要实现自己的崇高理想，格物致知是最基础的本领。格物明理，先把天下的万事万物想清楚；致知通理，再把万事万物之间的联系想清楚，融会贯通。在这样的前提下，再努力做与自己身份相符的事情。高治军先生，中共党员，机关干部，这样的身份要求他具有“心为民所想，情为民所系”的民本思想。他的这种思想表现在诗歌创作上，选材盯着主旋律，主题弘扬正能量，心中赞美有担当。

1. 选材盯着主旋律。这些年，思想的多元化，解放了人们的思维和口舌，尤其是一些作家大尺度地解放思想，更有甚者，以揭露社会的阴暗面而博得社会的关注，所以出现了“端起碗吃肉，放下碗骂娘”的现象。而有良心的作家，总能客观全面地观察社会真实、善良的一面，正面地通过自己手中的笔，表现生活的主旋律。

高治军先生就是这样的有良心的作家。深入民办高校调研，“君看民办教育花，娇艳芳香惹人醉”；春天出行看到生机盎然的庄稼，“麦苗青兮菜花黄，心光明兮皆春光”；走进校园看到朝气蓬勃的学子，“象牙塔里花更洁，生面鲜花艳无穷”；走近水利枢纽小浪底工程，“你挺起了华夏的脊梁，你书写了训河的神话”；连坐在飞驰的列车上，也“向着韶山奔去，我的心中想起了伟大领袖毛主席，那如梦的冲子，让我勾起了火红年代的记忆”……可以说，目之所及，心中流淌的皆是正能量、主旋律。

2. 主题弘扬正能量。谈到主题弘扬正能量，这与作者的境界有关。心中充满了爱，他的诗歌中就不会有恨；心中充满了悲悯，他的诗歌中就不会有憎恶；心中充满了敬畏，他的诗歌中就不会有轻佻；心中充满了信仰，他的诗歌中就不会有妄言。于是，他在《自励》中写道：“人在千里外，魂牵一梦柯。人生须努力，不敢靡蹉跎。”于是，他写《父亲》：“你像一头不知疲惫的牛／默默地只知耕耘／秋天收获的时候／丰收的粮食竟然堵住了窑洞的门／还是老天公道／不会亏了出力的人//”[①]于是，他写《大年初一》：“看着牡丹花正在盛开，听着歌曲《好运来》，抚今追昔话未来，时光真进入了好时代。”于是，他写《穷乡僻壤的婚礼》：“新郎新娘的

洞房 / 修饰的和城里一模一样 // 两颗相爱的心在一起 / 就是世上的人间天堂 //”

如此蜻蜓点水的概述，无法立体表现诗人的诗情，顺手撷取一首《桐花》，以品味它的神韵：

你盛开的时节
便是最美的春天
你飘香的时刻
最能沉醉人的心田

你是怀春的女神
孕育生命有你作伴
你是朴素的村姑
但谁也没有你绚烂

你生活在贫瘠的土壤里
却把多少村庄装扮
你并不妖娆妩媚
却把美景献给人间

你是天真无邪的象征
你是端庄大方的典范

啊，美丽的桐花
你就是真天仙
啊，舒心的桐花
我要把你称赞

生活不缺乏美，缺少的是美的发现。作者于2015年4月26日在洛阳至郑州的高速公路上，捕捉到了平凡美丽的泡桐花。面对这司空见惯的花朵，作者闻到它的芳香，从而醉了心田；想到春天生命的孕育，感叹自然伟大；悟到它出身朴素、环境贫瘠、品性无华，但它装扮人间的则是绚烂、美景和生机盎然。最后用“天仙”的荣誉作为桐花的桂冠。行文至此，我想到苏东坡和佛印大师坐禅的故事。苏东坡说自己看大师是一堆狗屎，而大师却说苏东坡是如来佛祖。苏东坡感觉占了大便宜，而苏小妹却认为哥哥输得很惨：“佛印和尚说你像佛，是因为他心里有佛；你看人家像狗屎，这说明你心里有……”高治军先生能面对普通的泡桐花写出“天仙”般的赞美，说明他心里有天仙般的圣洁和慈爱。

3. 心中赞美有担当。著名诗人里尔克说，诗并不像一般人说的是情感，诗是经验。高先生的人生经验如何？他用两句诗反映自己的读书经历：“皋兰山下，饮黄河水，兰州大学浴秋雨；珞珈山旁，喝长江茶，武汉大学沐春风。”大学，是人生“三观”的成熟期，两所大学的校训分别是“自强不息，独树一帜”，“自强、弘毅、求是、拓新”，“自强、创新”是两所学校植入高先生血脉的共同基因。“弘毅、求是”又是知识分子自古以来的品性。把这些精神做以高度概括，那就是——担当。2006年他出差路过兰州，心浪翻滚，诗情流淌：“二十三年上心头，金城曾在梦里留。……仰望母校暗所思，学子欲报三春晖。”（《又过兰州》）他到将军馆参观学习，面对将军的事迹，陷入了沉思：“有的人生做人杰，大丈夫立于天地之间。有的人死而无憾，为国为民可记代代年年。”言为心声，其报效母校、国家的担当意识显露无遗。他自己做事有担当，也非常钦佩社会上有担当的人。他赞颂孙中山，“你是顶天立地的奇男子／敢把乾坤颠倒来／腐朽没落的封建制／勇于打倒脚下踩”②；他赞颂李文祥，“英雄大音希声／巨人大象无形／你是风雨后偶现的彩虹//李老英雄像嵩岳／永远屹立天地之中”；他赞美刘洋，“空中奇葩／国人骄傲／娇艳花王／河南荣光／大河水浇灌的牡丹花／自会有超人的芳香”；他赞美车让人，“只有车让人／方能人为主//人权乃天赋／平等方有序”……

《大学》说：“大学之道，在明明德，在亲民，在止于至善。知止而后有定，定而后能静，静而后能安，安而后能虑，虑而后能得。”朱子有一段注：“止者，所当止之地，即至善之所在也。知之，则志有定向。静，谓心不妄动。安，谓所处而安。”[③]那么，知止，就是有明确的人生目标；有定，就是树立坚定的志向。知至善的目标，立坚定的志向，就可以心不妄动；心不妄动，则安于所处，不为外界影响所动了。高治军先生正是有了至善的目标、坚定的志向，才能心安神定，唱出心灵深处饱含思想的歌声。

二、身修感情挚

修身的必由之路是读书。读书是一件快乐的事情，众多先贤伴左右，睿智言论不绝耳，细腻情感可品味，超脱想象供遐思……正是这种熏染，才可以铸就刚健的气息，才可以造就真挚的情感。读高治军先生的诗作，总有一种轻松之后的厚重。这种厚重的核心元素是“情”。正如他自己所认为的诗有六应：一应真情感，二应家国事，三应真善美，四应天籁音，五应合体度，六应敢创新。而第一应该有的就是“真感情”。

1. 男儿弹泪只因情。都说男儿有泪不轻弹，只是没到动情时。阅读他的诗集《花开陌上》，可以说“泪”满诗篇。读李文祥事迹有感而作，“读谁竟能使人热泪涌”；记好医生刘恒亮，“你的大爱大行，让无数人为你热泪满盈”；忆父亲，“你前世一定是位菩萨／父亲节里儿含泪写下／并非把你赞夸”；在教育报刊社工作八年，“含情写下数句词，不觉泪流已千行”；看到陌上花开，“莫道男儿不流泪，有人泪从腮边来”；观看《毛岸英》，“观剧不禁涌泪水，英雄大爱永传颂”……这些泪，有感动，有辛苦，有回味，甚或是多种情感的交融。此时，我想到了刘勰《文心雕龙·神思》的名句：“登山则情满于山，观海则意溢于海。”

2. 率性之谓道。《中庸》开篇写到“天命之谓性，率性之谓道”。天命赋予人的人性就是自自然然的，人就应该按照这种天命的规律去发展自由生动的人性。依据这个规律行事就是率性。高治军先生深谙此道，创作中时时处处表现了率性。这种率性表现在眼前所见皆入诗，诗中之情皆真挚。

当下的时代，作为一个人，一个月不读一首诗，感觉不到怎样的遗憾；如一个月不看电视，试问感觉又将如何？作为一个文化人，一个月不写一首诗，感觉不到怎样的自责；如一个月不喝一场酒，试问感觉又将如何？高治军先生不是一个月写一首诗，也不是十天写一首诗，也不是一天写一首诗，而是很多时候一天写数首诗，闻鸡起舞，静坐书斋，借着静寂，与天籁通神，与心灵对话，一行行，一首首，如老农和着初夏的晨露，收获沉甸甸的麦子；如工人借着晨曦，整理光亮亮的工具……去台湾考察8天，60多首诗作跃然纸上，平均每天超过8首；在宁陵调研，一天创作的诗作收集在书的有7篇……试想，在一天的活动中，行程有安排，身体在行动，不可能为了写诗无端地停下脚步，让他人等待着，自己进入诗境。一首诗的创作按照20分钟估算，写出七八首，也要将近3个小时。可以推测，他的诗作大多产自飞驰的车上，产自他人休息之后的午夜，产自他人还在梦中的凌晨……他又不是职业诗人，要靠创作填肚子，要靠创作捞功名，而是全凭一种对诗歌的钟爱，全凭一种对眼前景的情不自禁的讴歌。我们都有出差的体验，出门时总想带本书，以备出差闲暇之余阅读，但事实上，多数情况下，几天的出差结束了，带去的书连扉页也没有打开。而高先生的作为，需要何等的定力！可以说，这是一位有良知的文化人高度的文化自觉。

这种文化自觉，使我想起清代诗人袁枚的《遣兴》诗："但肯寻诗便有诗，灵犀一点是吾师。夕阳芳草寻常物，解用多为绝妙词。"这种文化自觉，正与周啸天在《不会吟诗也会吟——诗词创作十日谈》里的论述吻合："什么又是诗的本质呢？我所服膺的理论，是以'释'（释放）释诗。人秉七情，应物斯感，或为之激动，或为之困惑，或为之神往，或为之辗转反侧，凡此种种，都是生命的体验，或谓之情结。情结好比疙瘩，须释而放之，才能消散，复归平静。如果释放的途径是语言，所得的结果，必然是诗。”④高治军先生人生旅途中的生命体验，释放出来的皆是饱含深情的佳作。比如，2011 年 8 月 19 日，他到湖南长沙考察学习，一天写下了 9 首诗，可谓字字珠玑。现摘录一首共赏：“芳草萋萋橘子洲，湘江悠悠两边流。击浪从来弄潮儿，伟人巨像立洲头。”（《橘子洲头》）橘子洲头，芳草碧翠，江水从两边安静流过。眼前景似乎司空见惯，但作者经由此地，想到一位伟人，他在“橘子洲头，看万山红遍”，睹物思人，心潮澎湃，自然从脑海里蹦出“弄潮儿”“巨像立洲头”的赞叹。伟人，不仅仅是立洲头，而且是屹立在亿万世人的心中。从这首诗中，我深深体会到，作为一位诗人，对于社会生活，对于自己周围的一切，要能够全身心地去感受。也就是说，要能够倾注自己高度的热情，去作心灵的观照，从而激发出强烈的激情，通过自己的精思独造，巧妙构思，营造出新奇精美的意象，这才是“真诗”。张中行在《诗词读写丛话》的“奠基”一章中也说道：诗人要有情，但只是有还不够；要至于痴才是最上乘。痴是完全不计利害，以至于不可理喻。……情痴是诗词的资本……它是好篇什的必要条件。

这样的创作体验，高治军先生的《沐春踏歌行的自序诗》也表白了他的心声：

两载急就两百篇，
篇篇都乃发心端。
奇山妙水记景之，
夜半钟声录梦言。

形式韵律追前贤，
镣铐去掉舞觉翩。
诗词本系浮生事，
仰天大笑桃花源。

三、格物诗自然

读高治军先生的《陌上花开》，思绪万千。主题是赞颂种花人，还是表白种花人心中的柔情，抑或是表白诗人自己创作“诗花”的痴情？可以说，意象丰富，给读者留下极为广阔的思考空间。这里摘录其中的一小节，请诸位共赏之：

陌上花，好景色，
裁下一段放心怀。
他年重逢话旧题，

时花心花一起开。

“他年重逢”主人公是谁？“话”的“旧题”是哪个主题？“时花心花”同开的盛景又将如何？都给读者以丰富的想象。说到陌上花开，想到清初杰出诗人王士祯的《香祖笔记》。其中记载，吴王钱镠甚爱自己的王妃，王妃每年春天必归临安省亲，几日不回，钱镠甚为想念。一年春天王妃好久未归，至春色将老，陌上花已发，钱镠写信说：“陌上花开，可缓缓归矣。”⑤陌上花朵芳香而艳丽，慢慢享受吧，不用急着回家。多么怜香惜玉的吴王啊！当高治军先生的“陌上花香”包围我的身心时，我亦放缓了下班的脚步。我的心灵，在柔情的《陌上花开》中恬静安逸，回归自然，回归人类的历史与文化……

之所以能有如此美的享受，在于诗文阅读没有障碍，语意表达明了而不艰涩。究其原因，愚以为可以引出两个话题。

1.格物明其理。“格物”是《大学》开篇就给做君子的人提出的一个修炼指标。古代要求修炼自身，首先要学会格物。那么格物的含义是什么呢？比较公认的答案是“穷究事物的道理”，也可以理解为认识事物的表象、体系、构成、规律、原理、本质、根源，等等。做诗人，要写出好诗，必然要有“格物”之本领。比如上文的“陌上花开”，春天百花开，路上必然见。多少人都漠然视之，最多发出对花的赞美，很少去关注种花人的喜怒哀乐，也很少联系到花与人曾经发生的故事，但是，诗人正是对陌上之花的“表象、本质、根源”的“穷究”，才产生了丰富的情感，才能把美好的诗篇呈现在读者面前。

四川大学文学教授周啸天说：“什么是诗人？凡是用全身心去感受、琢磨人生而又有几分语言天赋的人，便有诗人的资质。”⑥

这里所说的“用全身心去感受、琢磨人生”正吻合“格物”的意思，高治军先生也正是这样做的，所以才能明白所见事物之理，才能写出大家喜欢的好诗、真诗。纵观高先生的诗作，没有矫揉造作，没有无愁强说愁的“干哭无泪”。这正符合清人刘熙载在《艺概 · 诗概》所说的：“诗可数年不作，不可一作不真。”

2. 直白抒胸臆。曾几何时，我对什么是好诗产生了迷茫。深奥艰涩，典中套典，查阅半天案头的工具书才能弄懂的诗是好诗，还是如“离离原上草”之类的直白明了的诗是好诗？经过阅读、思考，感觉两类诗歌都是好诗，但对于普通读者而言，直抒胸臆的作品更受欢迎。其理论依据是王国维《人间词话》中“隔”与“不隔”的论述。王国维说：“语语都在目前，便是不隔。”为了更清楚地理解“不隔”的含义，我再引用明代布衣诗人谢榛在《四溟诗话》评价《古诗十九首》诗的一段话：“平平道出，且无用工字面，若秀才对朋友说家常话……”明白了“不隔”之意，再来阅读高治军先生的诗作，感觉用这种评价来欣赏高先生的创作恰如其分。有古体诗之味，不强求古体诗之韵；用“新韵”弃用“平水韵”，也可平仄通押。呈现生动自然的语言风格，以质朴的语言，建构出诗篇的面貌和内涵，令读者觉得亲切自然，从而产生共鸣。亦如谷永在《王静安先生之文学批评》一文中写道：“自然之景物，其优美者如碧水朱花，宏壮者如疾风暴雨，其接于吾人之审美力也。”⑦

无怪乎，高治军先生的诗作被原中国新闻学院教授周笃文赞誉为“在诗坛刮起了高旋风”。

也许有人会说，诗歌创作应该讲究含蓄美。对于这个问题，钱钟书先生在其早年所作的《论不隔》一文中作了论述，至今仍不失借鉴意义：“有人说‘不隔’说只能解释显的、一望而知的文艺，不能解释隐的、钩深致远的文艺，这便是误会了‘不隔’。‘不隔’不是一桩事物，不是一个境界，是一种状态（State），一种透明洞澈的状态——‘纯洁的空明’，譬之于光天化日；在这种状态之中，作者所写的事物和境界得以无遮隐地曝露在读者的眼前。作者的艺术的高下，全看他有无本领来拨云雾而见青天，造就这个状态……”⑧

徐迟说，卞之琳的《圆宝盒》所诉说的不是哲理，而是“感情的思想”；卞之琳不是善思索的哲人，而是善感受的诗人。思想的哲人所思想的是思想，而思想的诗人所思想的是感情。和高治军先生交流，自然会想到法国思想家帕斯卡尔在他的《思想录》里所说的话：“尊严就在于思想。”且思想中既有思想，亦有感情。从他无时不在思考的神态再加上壮壮的体态，你会感觉和你对话的是一座深藏智慧的、会思想的大山，这座大山的每一个山谷、每一座山峰，随时都可能绽放出诗的花朵、刮起诗的微风。这些花朵，既养目又养心，处处徜徉着美感；这缕缕微风，既拂面又提神，时时氤氲着惬意。

人的胃是有记忆的，吃过天南海北的美食，少时老家的糊涂面依然牵动情思；人的思想发展也是有起点的，纵使受过中外大师的熏染，儿时母亲的教诲没齿难忘。高先生是一位成功人士，人生事业有成，诗歌创作斐然，其成功秘诀在哪里？在他著作等身的诗笺中，我依稀透过《教诲》一诗找到了答案：

母亲教诲万万千
春风化雨记心间
最是让我难忘者

靠山吃山，靠水吃水
走到山里砍柴
走到河里脱鞋
看似浅显乡里语
今觉人生大智慧
教育恩惠永铭记
几十年间相伴随

【注释】

①高治军：《花开陌上》，河南文艺出版社，2013年版，第15页。

②高治军：《花开陌上》，河南文艺出版社，2013年版，第2页。

③钱逊：《师道师说》，《钱逊卷》，2108年版，第38页。

④周啸天：《不会吟诗也会吟——诗词创作十日谈》，四川文艺出版社，2009年版，第3页。

⑤[清]王士祯：《香祖笔记》，上海古籍出版社，1982年版，第65页。

⑥周啸天：《不会吟诗也会吟——诗词创作十日谈》，四川文艺出版社，2009年版，第4页。

⑦王国维著，周锡山编校：《人间词话汇编汇校汇评》，北岳文艺出版社，2004年版，第106页。

⑧钱钟书：《钱钟书作品集》，敦煌文艺出版社，1997年版，第677页。

目 录

随心歌

最响最长的掌声

——写在党的十九大开幕之际…………………… 003

改革开放 40 年图画 …………………… 007

慰问教师行…………………… 010

看父母…………………… 012

猪年初一…………………… 014

到长沙…………………… 016

长沙值雨…………………… 017

长沙随感…………………… 018

三春新晖…………………… 020

巨大的秘诀

——听孙守刚部长讲课随感…………………… 021

啊，洛阳…………………… 024

这时节…………………… 027

南阳春…………………… 030

中秋节…………………… 031

游绿博园…………………… 032

甲秀楼…………………… 034

文昌阁…………………… 035

何谓贵州…………………………………………………… 036
息　烽…………………………………………………… 038
参观红军烈士陵园………………………………………… 040
参观遵义会议会址………………………………………… 041
娄山关…………………………………………………… 043
贵州感山………………………………………………… 045
荷　坝…………………………………………………… 046
木芙蓉…………………………………………………… 048
马　灯…………………………………………………… 049
竹枝词…………………………………………………… 051
冬到茶山………………………………………………… 053
这国庆如此安宁…………………………………………… 055
长相思…………………………………………………… 057
炭子冲…………………………………………………… 058
左宗棠…………………………………………………… 059
贾谊故居………………………………………………… 061
读书忙…………………………………………………… 063
河大看菊………………………………………………… 064
司马光油茶园……………………………………………… 065
光山行…………………………………………………… 067
田甫大湾………………………………………………… 069
感悟北大………………………………………………… 070
天津感悟………………………………………………… 072
新县行…………………………………………………… 075
三亚一梦………………………………………………… 077
三亚花…………………………………………………… 078
考察路上………………………………………………… 079

郑东春天…………………………………………………………… 081
雨中行………………………………………………………………… 083
送朱君自锋同志赴新……………………………………………… 084
清明思念…………………………………………………………… 086
南阳月季园………………………………………………………… 088
夜宿故里…………………………………………………………… 090
金龟岭……………………………………………………………… 092
又闻麦香…………………………………………………………… 094
东郭寺……………………………………………………………… 097

儿女颂

时代楷模张玉滚…………………………………………………… 101
李花美白永芳香
——记李芳……………………………………………………… 104
教育人物胡大白…………………………………………………… 107
诚寻芳枝…………………………………………………………… 117
绽　放
——观纪念李芳诗剧有感……………………………………… 119
竹林品牌赵明恩…………………………………………………… 122
谷文昌……………………………………………………………… 132
海棠湾夜色
——2019 年马云乡村教师奖颁奖典礼 …………………… 134

北欧行

北德行……………………………………………………………… 139

上京杂感…………………………………………………… 140
行何处……………………………………………………… 142
到哥本哈根………………………………………………… 143
哥本哈根印象……………………………………………… 144
丹麦赞……………………………………………………… 146
访丹麦技术大学…………………………………………… 147
一幅图画…………………………………………………… 149
街头散见…………………………………………………… 151
街头小行…………………………………………………… 153
将别丹麦…………………………………………………… 155
丹麦一记…………………………………………………… 156
将到芬兰…………………………………………………… 157
芬兰放声…………………………………………………… 158
芬兰有感…………………………………………………… 159
秋海棠……………………………………………………… 160
花　楸……………………………………………………… 161
看　湖……………………………………………………… 162
访坦佩雷科技大学………………………………………… 163
芬兰秋色…………………………………………………… 165
赫尔辛基见闻……………………………………………… 166
西贝柳斯
——为记芬兰音乐家而作……………………………… 169
岩石教堂…………………………………………………… 170
参观古建筑有感…………………………………………… 171
诗人鲁德维格……………………………………………… 172
故　支……………………………………………………… 173
玻璃翠……………………………………………………… 174

告别芬兰…… 175
海　上…… 176
巨轮上…… 177
资本与海…… 179
乘海轮到瑞典…… 181
瓦萨沉船…… 183
警　花…… 184
贝拿多特…… 185
皇家换岗…… 186
水柏枝…… 187
访斯德哥尔摩大学…… 188
市政厅…… 191
白蝴蝶兰…… 192
梅拉伦神厅…… 193
瑞典皇宫…… 194
龙舌兰…… 195
西格图纳小镇…… 196
小镇瞥见…… 197
梅拉伦湖畔…… 198
小　景…… 199
途　景…… 200
斯德哥尔摩城有感…… 201
西式商场…… 205
东西花…… 206
中西餐…… 207
诺贝尔纪念馆…… 209
感古城…… 210

公园偶遇…………………………………………………… 211
晚　霞…………………………………………………… 212
无　蚊…………………………………………………… 213
大叶朴…………………………………………………… 214
看　云…………………………………………………… 215
欧风秋…………………………………………………… 217
东　归…………………………………………………… 218

网络情

感悟红旗渠……………………………………………… 221
郑州吟…………………………………………………… 223
夜游长江………………………………………………… 225
奥运到神州……………………………………………… 226
既然选择了远方………………………………………… 228
阿罗哈，夏威夷………………………………………… 230
春江烟花夜
　　——2010年上海世博会开幕式感怀 ………… 232
世界博览会……………………………………………… 234
春天里的童话…………………………………………… 236
威尼斯之梦……………………………………………… 237
你是真正的英雄
　　——读李文祥事迹夜不能寐，有感而作………… 239
丹水情…………………………………………………… 242
永远的焦裕禄…………………………………………… 245
春风到南阳……………………………………………… 249
商祖颂…………………………………………………… 251

汝　瓷…………………………………………………… 253
天中郁金香………………………………………………… 255
洛阳赏牡丹………………………………………………… 257
许昌感城…………………………………………………… 259
防疫行……………………………………………………… 261
庚子春节杂感……………………………………………… 263
医者荣归
——写在欢迎河南抗疫支援武汉医疗队荣归的时刻 274
在希望中萌生……………………………………………… 278

随心歌

最响最长的掌声

——写在党的十九大开幕之际

世界上最响最长的掌声
就是党的十九大开幕的隆重
它代表了8900万党员的心意
它代表了13亿人民的和鸣
它的响声持续了3个半小时
它的响亮掩过了太平洋的汹涌
它的响声是人类有史以来的最长
它的响亮超越了浩瀚的天庭

掌声响起来
十九大的序幕已经拉开
前进的号角已经吹响
中国进入社会主义事业的新时代
5年历史性变革
神州的面貌大改
发展蓝图绘就

我们有了光明灿烂的未来

掌声响起来
思想的力量开辟新时代
闪电总在雷鸣之前
明灯会指引航船前开
温暖的春风
能吹拂百花的盛开
古老的中华文明
将在世界上更加出彩

掌声响起来
开启全面建设的新征程
2020年决胜小康
让人心潮澎湃
2035年基本实现现代化
让人心中真愉快
2050年建成现代化强国
让人心中掀起滔天的大海

掌声响起来
现代化建设的步伐会加快

建设现代化经济
改革开放的大门更敞开
人民当家作主
政治文明让人乐开了怀
文化繁荣兴盛
一展泱泱大国的风采

掌声响起来
美丽的中国更可爱
强大的中国
更能显示中华气派
构建人类命运共同体
是我们的真诚期待
优先发展教育
响彻九天之外

最响最长的掌声
它代表了人民的心情
为天地立心
永远响彻天地之中
为人民谋幸福
永远回荡人民心胸

有了中国梦

定会实现中华民族复兴

改革开放 40 年图画

十一届三中全会拉开了序幕
展开了波澜壮阔的蓝图
改革开放犹如一声春雷
大气磅礴惊醒了沉睡的大地

邓小平就是这幅大图的设计师
他牢记闭关锁国的惨痛教训
发出了再不改革开放就要亡国的雷声
毅然打开了厚重的大门

他肯定了小岗村大包干的做法
从此粮食就从地里冒了出来
解决了中国人几千年的吃饭问题
从此中国大地就财源滚滚

这位巨擘 1979 年在中国的南海边画了一个圈
奇迹般地矗起座座高楼

1992 年又一个春天
这位老人又在海边写下开放的诗篇
4 个经济特区的设立
在这幅图画上激起了漪涟
14 个沿海城市开放的设置
引起中国改革波浪涛天

11 个中心城市的建设
使这幅图画更加雄伟壮观
四通八达的高铁网
使洋人也为之惊叹

一带一路战略部署
连七下西洋的郑和也大加称赞
郑欧班列一直通到鹿特丹
古老的华夏和世界紧紧相连

40 年改革开放
40 载春风化雨
一幅幅精美的画面都是勤劳智慧的中国人民描绘
一组组壮丽的山水都是心灵手巧的中国人民增添

40 年呵我们赶上了西方 400 年的路程
40 年啊我们的图画更加美好灿烂
骄傲呀龙的传人
我们终于为世界提供了中国方案

行百里九十为半
更辉煌的画卷还在前边
习总书记吹响了更加改革开放的号角
中华民族复兴的梦想一定会实现

2018年12月31日晨急就

慰问教师行

大寒时节天不冷，
缘起心里火升腾。
大年将至下乡去，
辛勤园丁心中萦。
巍巍伏牛脚下踩，
滔滔汝湍[①]一晃中。
访贫问苦送温暖，
走村串户表党情。
或有多年献教坛，
或是身残教不停。
或乃爱生三春晖，
或者耕耘之英雄。
有的表示心感动，
有的竟然泪水盈。
平日老师忙教书，
过年政府情谊浓。
爱生如子本应敬，

尊师重教好传统。
立德树人育良材，
众志成城蔚然风。
如此坚持数十年，
华夏复兴终圆梦。

2019年1月16日慰问教师途中

【注释】

①汝湍：指汝河与湍河。

看父母

妈妈伯伯
又要过年了
孩儿回家看您二老了
孩儿泪流满面
向二老问好了
孩儿泪流满面
向二老跪拜了
孩儿泪流满面
向二老拜年了
孩儿泪流满面
告诉二老
您二老有重孙子了
孩子很可爱
高家有了传人
孩儿泪流满面
告诉二老
您二老有重孙女了

孩女很漂亮
您二老可以含笑了
孩儿泪流满面
告诉二老
您的嘱托
孩儿牢记在心
哥哥弟弟妹妹都好
今年是孩儿的本命年
孩儿分外想念二老
愿我们一家人
在天上和人间
过个好年
天上人间共迎春
父母孩子共团圆

2019年2月2日回乡归来路上

猪年初一

没有鞭炮的喧嚣
大年初一静悄悄
没有绚丽烟火的燃烧
只有那久违的白云在天上飘

没有春晚的热闹
大年初一静悄悄
没有欢声笑语的杂噪
只是孙子的童声在嘤嘤叫

只有蝴蝶兰在欲飞
只有牡丹花在含笑
只有百合花香气四溢
有一种含饴弄孙的感觉叫妙

我的初一真好
真的不需要鞭炮

真的不需要烟花

幸福的感觉在心海掀起了阵阵波涛

2019年2月5日大年初一

到长沙

清明时节四海春，
桐花盛开正芳芬。
乘坐复兴下江南，
沉醉春色已十分。
但见中原千里绿，
又看大别山花红。
放眼极目楚天阔，
到处山水郁青青。
刚过武汉黄鹤楼，
即到长沙橘子洲。
唯楚有材才无数，
多少儿女数风流。

2019年4月10日于复兴号上

长沙值雨

四海同春花烂漫，
潇潇春雨洒湘天。
不是亲眼睹芳颜，
谁知丽容在江南。

2019年4月11日于长沙

长沙随感

人间四月正芳菲，
花开时节到湘水。
香樟青青黄杨绿，
桐花灼灼素朴美。
美丽星城乌云翻，
芙蓉国里春雨霏。
潇湘雾雨早慕见，
于今一遇终不悔。
湘资沅澧四水润，
中南腹地土腴肥。
不见斑竹千滴泪，
帝子倾心下翠微。
博物院内静耳听，
久久徘徊不知归。
稻源粮仓鱼米乡，
长沙窑瓷宗祖村。
包容开放大胸襟，

历代融合湖南人。
汉代重现马王堆，
活灵活现有辛追。
湖南一熟天下足，
谁人不知富裕门。
神州缘何能够存，
湖人不死不沉沦。
经历爱国与忧民，
近代尤为领风云。
古今奇人左宗棠，
新疆不失金瓯回。
旷世大才毛泽东，
改天换地人民神。
个性张扬有血性，
敢为人先宁玉碎。
三湘历史让人醉，
老夫不禁放歌飞。

2019年4月11日于复兴号高铁上

三春新晖

暮春时节雨纷纷，
幼鸟盼母快快归。
小孙一岁仨月余，
望眼欲穿父母回。
一车一看再一往，
不吃不喝也不睡。
而今重唱孟郊诗，
小草更期三春晖。

2019年4月20日

巨大的秘诀

——听孙守刚部长讲课随感

中共如何获得了巨大的成功
使新中国在世界东方巍巍然然
中共如何获得了巨大的创新
使她成为全世界效益最好的队团
这是多少人的疑问
这是多少人的谜联

神奇的秘诀在哪里
巨大的谜团在哪边
哦，在这里在这里
在风雨如磐的理想信念
革命理想高于天
共产信仰似火燃

神奇的秘诀在哪里
巨大的谜团在哪边

哦，在这里在这里
在人民至上的价值判断
一切为了人民的选择
一切为了人民的价值观

神奇的秘诀在哪里
巨大的谜团在哪边
哦，在这里在这里
在与时俱进的理论品格
永远不故步自封
永远不固执不前

神奇的秘诀在哪里
巨大的谜团在哪边
哦，在这里在这里
在矢志不渝的奋斗精神
敢于精卫填海
敢于改地换天

神奇的秘诀在哪里
巨大的谜团在哪边
哦，在这里在这里

在自我革命的政治勇气
刮骨疗伤寻常事
自我改造自涅槃

这就是那神奇的秘诀
这就是那巨大的谜团
试问天下谁如此
试问世界谁敢干
当年睡狮今已醒
中华复兴并不远

2019年6月25日于河南师范大学

啊，洛阳

胜形天下的洛阳
控戴河山的洛阳
五水相绕的洛阳
天下之中的洛阳
河图洛书的洛阳
文明之源的洛阳
千年帝都的洛阳
十三朝都的洛阳
五都荟洛的洛阳
五路通洛的洛阳
周公建洛的洛阳
东周先荣的洛阳
大汉雄风的洛阳
光武中兴的洛阳
大唐盛世的洛阳
武曌钟情的洛阳
山清水秀的洛阳

牡丹仙子的洛阳
国色天香的洛阳
雍容华贵的洛阳
洛神宓妃的洛阳
死后梦归的洛阳
关羽葬首的洛阳
玄奘故里的洛阳
洛阳才子的洛阳
洛阳诗豪的洛阳
二程理学的洛阳
程门立雪的洛阳
洛阳桥韵的洛阳
洛阳歌飞的洛阳
龙门石窟的洛阳
白马钟声的洛阳
唐三彩名的洛阳
洛阳纸贵的洛阳
神笔王铎的洛阳
水席筵菜的洛阳
重工重地的洛阳
洛阳名铲的洛阳
皇天后土的洛阳

王气仍在的洛阳

世无二致的洛阳

巍然耸立的洛阳

无与伦比的洛阳

魂牵梦萦的洛阳

2019年7月3日于故土洛阳

这时节

京都西山
小暑时节
竟然天凉如秋
窗户外面
一片安宁
广玉兰枝肥叶稠
一盘盘美味
一道道大餐
真让我觉得可口
近代百年
民穷军弱
让西方列强欺侮够
一次大战
曾是胜国
竟割山东给倭寇
二次大战
也是胜国

失土丢岛缺金瓯
血的教训
铭记于心
军队基石须一流
苏联解体
日本沉落
我又成美国对手
世界变局
全球动荡
正遇百年之未有
贸易初战
序幕拉开
真正交锋还在后
丢掉幻想
军民融合
才能迎接新战斗
西山红叶
经历严霜
才能美丽红初透
富国强兵
加快发展
中华曙光在前头

泱泱大国
五千年文明
将来会成世界枢纽
在这时节
健身明目
开眼界喜获丰收

2019年7月14日于京都西山

南阳春

金秋时节温如春，
有幸慢过白河滨。
宛城月季正艳丽，
老夫杏坛发声音。

2019年9月5日参加南阳教育大会记感

中秋节

八月十五云遮月，
不热不冷好时节。
才吃异域车厘子，
又将珍贵月饼切。
小孙撒娇抱住腿，
一声爷爷心已醉。
也是赶上好时代，
正在朝着梦想越。
刚从国外归中土，
月里嫦娥确实美。
幸福时刻谁让谁，
月圆人圆值万金。

2019年9月13日中秋节

游绿博园

中秋时节风雨柔，
携子带孙名园游。
仿佛进入绿世界，
满园净是青青柳。
杂花生树开无数，
老夫看也看不够。
所幸相随识花君，
拍照花树记心头。
翘首最是花皇后，
高挑月季展风流。
红粉佳人蔷薇笑，
引得游人频回首。
佳节名园人流涌，
摩踵比肩确是稠。
园中之园相比邻，
中华名园一园收。
国际名园应之有，

绿博之处看全球。
碧绿丛中嵌清湖，
儿媳孙子荡轻舟。
甚是惬意吹泡泡，
串串水泡若锦绣。
万人之中遇工友，
一番滋味上心头。
也是老夫心态泰，
道边小凳梦竟留。
万水千山都历遍，
欧风美雨也曾走。
依稀书山青云志，
绿园作伴或可休。

2019年9月14日中秋于绿博园

甲秀楼

驰名云贵甲秀楼，
屹立水中更显秀。
忽来忽去山城雨，
夜游更觉趣味有。
惊心阳明①知行出，
动魄瑞棻②维新留。
奇山奇水产奇思，
一次出行镌心头。

2019年9月18日于贵阳

【注释】

①阳明：王阳明知行合一的思想产生于龙场悟道，讲于贵阳书院。

②瑞棻：李瑞棻为维新志士，诗句题在甲秀楼旁石刻上。

文昌阁

大名鼎鼎文昌阁，
月城之上任诉说。
从来青史传杏坛，
非是建筑呈九角。
原生自然为蛮夷，
重教兴文成独特。
非神非鬼能开化，
启智增慧寿山河。

2019年9月18日于贵阳

何谓贵州

有人说是一棵树
那就是黄果树
实际上那是一道瀑布
亮丽人世间
响彻云霄外

有人说是一瓶酒
那就是茅台酒
实际上那是酒的代名
香飘神州地
醉人心田久

有人说是一座楼
那就是师长楼
实际上那是遵义会议会址
危机转折地
胜利奠基头

豁然一开朗
今知三贵州
并非黔之地
只有驴虎狗
悠悠多少事
更添河山秀

2019年9月18日于贵州道中

息　烽

崇山峻岭塑其形，
茂林修竹自然景。
云雾缭绕显迷离，
崇祯皇帝赐其名。
并非所愿息烽火，
烽火从来因缘生。
自从变成集中营，
人间地狱魔窟成。
声声段段血泪史，
人人个个不屈影。
五星红旗鲜血染，
共和大厦英雄撑。
狱中也有浪漫曲，
二黄①爱情永传颂。
看罢此地心凝重，
油然倍增敬仰情。
献上花篮表敬意，

重温誓词坚忠诚。
烈士浮雕三鞠躬，
老夫心中更宁静。
车在缓缓雨中行，
不觉徐徐回望中。

2019年9月18日于遵义道中

【注释】

①二黄：指黄显声将军和黄彤光女士。黄将军死于狱中，黄女士活到101岁。

参观红军烈士陵园

小龙山上松柏苍，
凤凰作伴呈吉祥。
纪念碑高卅五米，
似向世人说敬仰。
邓萍将军洒血地，
红军菩萨感衷肠。
一心为民本领高，
怎不江山红旗扬。

2019年9月19日于遵义

参观遵义会议会址

黔江之水清又清，
万山丛中有名城。
命悬一线开圣会，
转危为安确首龙。
廿人挂像今犹在，
中国革命核心层。
精英之中领袖领，
中华民族之大幸。
形势危急时势造，
天降大才毛泽东。
围追堵截终突破，
四渡赤水出奇兵。
金沙大渡巧强渡，
雪山草地身后影。
岷山过后吴起镇，
陕北延安大本营。
独立自主追真理，

敢闯新路才能胜。
一楼决定大转折，
会议奠基革命成。

2019年9月19日于遵义

娄山关

敬仰第一山，
今日来拜谒。
但见满山翠，
正是好时节。
川黔必经地，
一线入云阙。
山势峻峭险，
尤奇霜晨月。
大小尖山看，
雄关真如铁。
战斗遗址在，
犹感激战烈。
拼杀千百次，
喇叭声声咽。
二夺更不易，
智勇双全得。
敬山乃重情，

曾洒红军血。
夺下娄山关，
方可从头越。
人生亦如此，
险关不可缺。
难易都历阅，
从容对明灭。

2019年9月19日于娄山关

贵州感山

座座青山如绿帽，
帽子多少谁知道。
一省竟无平原地，
说是山省总觉妙。
还是民谣说得好：
天无三日晴，
地无三尺平，
人无三分银。
时到如今不同了，
到处青山环境好，
全省处处架银桥，
小康脱贫咧嘴笑。

2019年9月19日于贵州道中

苟　坝

谁知苟坝在何方？
三面环山一面敞。
自从来了共产党，
从此大名天下扬。
泽东小道亲自过，
周朱住房来去往。
手提马灯明方向，
虚心纳谏海洋量。
有时真理知者少，
坚持更凭党性强。
多智多慧能预知，
战胜强敌还靠枪。
苟坝会议改决定，
最终放弃打谷场。
遵义会议之延续，
军事润之定主张。
乘风破浪永向前，

大海舵手掌行航。
中国革命终胜利，
苟坝写在党史上。
马灯摆成党徽样，
夜晚五间长光芒。
红歌唱彻红军村，
马院院长感心房。

2019年9月19日于贵州苟坝村

木芙蓉

一

天过中秋景物明，
微雨花开更堪咏。
红白浓艳竞一树，
况值摇曳清风中。

二

黔中何物动我情，
唯有红色木芙蓉。
只知君开芙蓉国，
今晓颜色分外浓。

2019年9月20日于苟坝

马　灯

一只寻常的马灯
有着来自国外的造型
但给自给自足的中国
吹来了西方的风

一只别样的马灯
凝结着共产党人的情
盗来了普罗米修斯的火种
带来了马列主义的光明

一只坚持的马灯
不怕雨又不怕风
经过了雪山草地
从井冈山到达延安窑洞

一只坚强的马灯
伴随不折不挠的斗争

陪伴毛泽东小道的深思
体现追求真理的坚定

一只胜利的马灯
让黑夜带来光明
从农村一直到城中
你成了胜利的象征

2019年9月20日于苟坝到贵阳道中

竹枝词

地大物博是中国，
地域广大甚辽阔。
诗词形式百花放，
不知君爱哪一个。
源头诗经乃正说，
却在华夏正中窝。
浪漫奇诡李白采，
屈原才是楚辞伯。
汉赋正统讲典韵，
律诗还要杜甫作。
西南又放花一枝，
川黔盛兴竹枝词。
民歌一经诗豪手，
天下之人谁不知。
东边日出西边雨，
道是无晴还有晴。
明快易懂又好记，

老妪儿童入心里。
诗词本是抒情体，
表达感情为第一。
行在黔地有一识，
竹枝蔚然中华地。

2019年9月20日于贵州道中

冬到茶山

树叶黄，茶叶青，
小雪时节到山中。
满山景物如图画，
赤橙黄绿谁染成。
树叶红，茶山青，
大别蜿蜒如腾龙。
谁想群山环抱地，
竟有茶园一重重。
树叶橙，茶叶青，
茶山山间遇老农。
辛勤种下茶叶籽，
五年方能收获成。
茶花秀，茶叶青，
谁知茶花傲寒风。
盘桓栈道茶山上，
满山翠绿绕茶丛。
茶叶绿，茶水清，

毛尖源地喜相逢。
临窗把茶品毛尖，
几多情谊话人生。
茶山顶，画意浓，
不知南湖还仙境。
茶山有情写不够，
老夫难忘茶山行。

2019年9月29日于信阳茶山中

这国庆如此安宁

金秋十月的北京
鲜花为什么这样繁荣
那是因为今天是70周年的大庆

天安门城楼的红旗
今天为什么这样红
那是因为2100万烈士的鲜血染成

阅兵场3辆阅兵车
为什么如此吸引人眼睛
VAO1949、VAO2019
和伟大统帅一起
如此威武如此从容

今年的阅兵规模最大
汹涌澎湃如太平洋的涛声
步伐整齐划一

让全世界无不震惊

最牵人的东风41
可以像快递一样呈送
20亿一枚的造价
全球最强大的威力
这才是14亿大国的威风

70年大庆的阅兵
这盛世终如你所愿
魅魍魉吓得无影无踪
这国庆才让人感到如此安宁

泱泱中华的强大实力
14亿人民的众志成城
试看今日之天下谁敢欺
中华民族复兴正在圆梦

2019年10月1日国庆节

长相思

一

豫山青，楚山青，
一路秋风将侬送，
相聚在湘中。
豫河明，楚河明，
芙蓉国里喜相逢，
最浓战友情。

二

枫叶红，栌叶红，
一年金秋醉意浓，
相遇喜不胜。
欢颜迎，笑颜迎，
喜上眉梢溢和风，
尽在不言中。

2019年10月14日长沙培训感记

炭子冲

花明楼镇郁青青，
一叶湖畔景物明。
崇山峻岭挡不住，
一心向往炭子冲。
丰功伟绩青史里，
论党修养心胸中。
社会主义正繁荣，
人民生活多兴盛。
巨大魅力曾预见，
中国特色有前景。
坚持真理如磐石，
修正错误真巨龙。
悠悠苍天会作证，
高尚灵魂死犹生。

2019年10月15日于参观刘少奇故居炭子冲道中

左宗棠

潇潇暮雨洒三湘，
湘江之岸英木苍。
人杰地灵出巨材，
靠山面湖柳公庄。
身无半亩忧天下，
经世致用大栋梁。
出岫之云无须伴，
老松之木独凌霜。
饱读诗书湘上农，
怀揣利器今生亮。
横览九州无才出，
独领风骚左宗棠。
才高性傲本刚强，
男儿不刚何事昌。
五百年来第一人，
抬棺出塞收新疆。
一路种下左公柳，

引得春风过敦煌。
困于乡野不忘志，
金瓯无缺美名扬。
眼光远大看世界，
冒雨专访上心香。

2019年10月16日于湘阴道中

贾谊故居

潇潇秋雨洒，
拜谒贾长沙。
熙熙太平街，
曾开洛阳花。
年少聪颖慧，
智高显才华。
政文过秦论，
酣畅且峻拔。
汉赋吊屈原，
才名动华夏。
可怜身先死，
只因王坠马。
千年亦唏嘘，
惋惜多少家。
青史浩烟海，
灿者若烟霞。

洛阳才子名，
世人谁不夸。

2019年10月16日于长沙

读书忙

一

谭山包上郁苍苍，
图书馆内声琅琅。
若问深秋何如此，
师院学子读书忙。

二

老夫转战卌载长，
何事让我永难忘。
一个马扎一本书，
春夏秋冬不变样。
真如苏秦头悬梁，
好似蜜蜂采花忙。
身置现场心感动，
谭山读书好地方。

2019年10月26日参观信阳师范学院图书馆所见留记

河大看菊

何必名苑赏金风，
河大九华不负侬。
鹅黄雪白若仙葩，
姹紫嫣红宛春容。

2019年10月29日于河南大学

司马光油茶园

冬日之初好时候，
鱼米之乡叶尚稠。
天降小雨润如酥，
俩月今日惊神州。
冬天悠然油茶白，
恰似春日梨花秀。
一棵茶树一斤油，
又娶老婆又盖楼。
只长智慧不增脂，
幸福生活有盼头。
一县竟有廿万亩，
未来幸福甭发愁。
光山昔有司马光，
今日幸遇大领袖[①]。
寻常茶园亦幸运，

此山此水披锦绣。

2019年11月17日于信阳光山县

【注释】

①今日幸遇大领袖：2019 年 9 月 17 日习近平总书记视察司马光茶园。

光山行

初冬时节细雨霏，
光山山水分外美。
油茶花开白如雪，
冬天也似梨花芬。
山乡致富现朝晖，
心花亦如茶花飞。
颖超祖居人敬仰，
德高品懿放光辉。
为人处事立楷模，
海棠依旧恰似君。
司马小镇空气新，
砸缸故事吸引人。
正是诞辰千年日，
崇高智慧动心魂。
李少大智也牵心，
梅窗夫妻智一队[①]。
多山多水奇儿女，

文化自信山水存。
老夫匆匆光山过，
分明心感又一春。

2019年11月17日于光山道中

【注释】

①梅窗夫妻智一队：李少，字宗乾，明代举人，机智过人。钱梅窗，为人机敏，聪慧幽默，与李少结为夫妇。

田莆大湾

万山丛中神力旋，
天公造就田莆湾。
奇山胜水出战将，
世友威名天下传。
冬雨潇潇拦不住，
欲到大湾窥容颜。
崇山峻岭出才俊，
古老山乡续新篇。
领袖点燃致富梦，
三双鞋垫童话般。
传统现代巧结合，
山路崎岖变平坦。
一双大手绘蓝图，
大别山区梦将圆。
茫茫夜色亮一处，
田莆小镇灯光灿。

2019年11月17日夜过田莆镇道中记之

感悟北大

小雪将至到北大，
五颜六色见物华。
天降琅嬛落此处，
景色优异美如画。
最是老夫赞赏者，
一塔湖图真惊讶。
未名湖畔皆胜迹，
摄人精魂乃博雅。
梦幻六园藏功名，
圆明华表放彩霞。
谁说寻常一燕园，
分明浓缩昔华夏。
燕南园里大师住，
西式建筑亦可夸。
东西合璧堪典范，
传统现代合无瑕。
但开风气领新潮，

竹笋雨后抽新芽。
图强爱国原生地，
振臂高呼先声发。
思想自由如天马，
天之骄子似春花。
科学探索临前沿，
几多英才出奇葩。
天若有情神州在，
世界会说中国话。
民族复兴终圆梦，
北大精神永无涯。

2019年11月21日于高铁上

天津感悟

一

大雪时节到天津，
树花已枯叶已陈。
时令不掩真容颜，
资深美女自动人。
精卫填海惊心魂，
沧海桑田是写真。
六百年前已起航，
近代中国看津门。
古今结合乃典范，
中西合璧堪美伦。

二

风云变幻照斜阳，
百年缩影一馆藏。
也有欢喜也有悲，
依稀可见旧榜样。
昔日工商大都市，
今天海河彩凤凰。
过去北方中心地，
现时直辖精鸟翔。
细品慢说天津卫，
渤海明珠放异光。

三

金河之畔双奇葩，

南开相依并天大。

河水清清柳婀娜，

教育先声誉华夏。

冬月思政响惊雷，

新春学校开满花。

堂堂妙课皆动肠，

个个高手足堪夸。

一天头脑起风暴，

分明已见蓝天霞。

2019年12月13日参加天津思政课创新会于高铁上有感而作

新县行

千里云天外，
我来新县岭。
刚骑铁龙飞，
又乘小车行。
平野一畴畴，
关山几重重。
崇峻挡不住，
浓浓下乡情。
相逢皆拳拳，
言谈均发胸。
教具一件件，
书本楼可盈。
老夫发大义，
壮举安平生。
可建多少舍，
能育万千名。
夜晚真寂静，

辽阔可观星。

但闻鸟虫鸣，

即速已入梦。

2019年12月20日新县文化三下乡捐记有感

三亚一梦

万里云天外，
来到三亚游。
椰风海韵醉，
三角梅艳眸。
机飞飘雪时，
落地满花枝。
厚服皆相脱，
行人全单衣。
饭食净鱼虾，
所吃俱美味。
临窗可观海，
波涛伴入睡。
转眼人千里，
来往都过客。
天地如逆旅，
人生似梦柯。

2020年1月6日晨于三亚

三亚花

热带风光艳阳照，
崖城花开分外骄。
三角梅花常含笑，
惹人怜爱美人蕉。
火焰树上像火烧，
朱缨花下似撒娇。
鸡蛋漫放树枝头，
清新淡雅实在好。
百合恰是合心意，
茉莉温馨君知晓。
凤凰盛放凤鸣叫，
玫瑰色浓心旌摇。
四时花开如海洋，
尽情释放笔难描。
若请东君来评章，
三亚花鲜当占鳌。

2020年元月7日于三亚

考察路上

如玉似盏的玉兰，
把四海同春的春天呼唤。
如缘似瀑的柳条，
婀娜多姿真养眼。
一簇一丛的迎春花，
把美好温馨的春色点燃。
一片一片的红叶李，
让中原的春天绚烂。
漯河的空气宜人，
双汇的水把天映兰。
没有过不去的冬日，
没有不来到的春天。
疫情春日觉别样，
难阻春姑步姗姗。
满路春色关不住，
五颜六色映入帘。
呵护蓓蕾须园丁，

选拔贤良繁杏坛。
老夫聊裁一段景，
为作心迹记流年。

2020年3月13日赴漯记行

郑东春天

北龙湖水竟呈现蔚蓝，
就跟大海一般。
澄清的湖水，
纯清地把天空染蓝。
漂亮的凤头鸊鷉，
自在的在湖面上游玩。
一丛丛的迎春连翘，
把美好的春天缀点。
直让人觉得，
那就是春天的笑脸。
一片片的美人梅，
真是美丽鲜艳。
仿佛是对人微笑，
太让人觉得畅坦。
成块成堆的红叶李，
将郑东的春天，
打扮的如此多娇，

装扮的如此绚烂。

还有那棵棵石楠黄杨，

万木争荣的仲春就在枝尖。

更有那草色的垂柳，

婀娜多姿太养眼。

难忘那马鸢鹊在树上道边，

正把郑东的春天呢喃。

郑东的建筑也像春天一样，

如火如荼魅力无限。

东君不怕瘟神在，

万般媚妩呈君前。

荣光无垠中原色，

姗姗而来降禹甸。

2020年3月15日郑州东区记走

雨中行

雨中散步快乐天，
空气清新花养眼。
不知身心在何处，
真觉行走在阆苑。
樱花烂漫若云霞，
紫荆火燃真奇葩。
海棠含笑宛仙子，
石楠叶艳二月花。
细雨绵绵润似酥，
满眼春色直如画。
此景此情宛如梦，
亦真亦幻堪无价。

2020年3月28日周日

送朱君自锋同志赴新

人间绚烂四月天，
百花齐放比娇妍。
万千话语说不尽，
明日君将赴天山。
自古多情伤离别，
战友无语竟噎咽。
羌笛不会怨杨柳，
新疆分明新境界。
天山雪莲世上珍，
哈密瓜甜谁不闻。
如今改唱旧时曲，
西出阳关有故人。
胡杨耐苦成精神，
愿君更比树坚韧。
我寄寸心与明月，
豫新相照并无缺。
教育播洒启智水，

桃李芬芳满杏坛。
待到春风化雨时，
高奏凯歌载誉还。

2020年4月1日夜

清明思念

清明时节天清明，
汽笛长鸣悼英灵。
新冠毒魔肆横时，
壮士断腕勇逆行。
白衣执甲战疫情，
众志成城终赢胜。
捷报频传动华夏，
人民战争威无穷。
罄竹难写抗疫迹，
烈士同胞为牺牲。
上下一心唤春风，
半旗国祭缅英雄。
放眼四海云水怒，
纵目五洲风雷生。
先师卡尔①神预言，
温疫资本敲丧钟。
大棋局势正演绎，

千年一遇今日逢。
生产生活方式变，
鹿死谁手时空中。
时不我待树风流，
中华天运妙手迎。
思罢国事想家事，
心念两老泪水盈。
想起双亲心一痛，
唯愿天国会安宁。
养育之恩永相忆，
绵绵不断镌心胸。
防疫清明亦别样，
不到坟前心祭茔。
多少话语告父母，
只在心中却无声。

2020年4月4日清明思念

【注释】

①卡尔：指卡尔马克思

南阳月季园

南阳四月绚丽天，
月季园中正温暖。
春风此园停了脚，
化作月季万万千。
林林总总六千种，
赤橙黄绿紫青蓝。
风华绝代谁个似，
花中皇后唯君看。
百花竞开哪为魁，
高杆月季色压冠。
谁说风光只数日，
一年四季春长占。
满园花放满园香，
只觉浓郁袭衣沾。
不唯花艳花又鲜，
况有白河丽水伴。

良朋踱步倾心谈，
竟忘今夕是何年。

2020年4月23日于高铁上

夜宿故里

气淑嘉时日，
赋闲寄故里。
千树正葳蕤，
亿麦方盈蕙。
此地山水宜，
牡丹动心魂。
月季繁盛茂，
舒风微微吹。
三十载游子，
五一节期归。
夜宿旧宅院，
往事如烟随。
人生恰似梦，
一晃六十人。
九万里悟道，
终老故土回。
三千年读史，

田园风光美。

皇天后土静，

身心俱安宁。

生于斯非己，

老将此天命。

一家团圆时，

人神共聚庭。

只觉时光轮，

儿孙又前进。

到乡翻烂柯，

分明万木春。

2020年5月1日节日感

金龟岭

偃师南山卧金龟，
风景如画挂山陲。
盘山公路山腰卧，
昔日崎岖今已非。
汽车开到高山上，
风光已与山下违。
山外桃李已谢幕，
山上槐花正芳菲。
山木茂密郁青青，
山花烂漫笑颜绯。
山鸟欢歌唱不停，
山鸡富态身体肥。
山杏累累压枝低，
金雕老鸹山头汇。
家人团聚喜游山，
金龟岭上欢声飞。
粗茶淡饭有本分，

野趣原味无烦心。
话到嘴边随意说，
纯朴宽松放开怀。
小孙最爱争第一，
满山遍野皆欢喜。
贴近山水真天理，
自然教育惹人迷。
出山勤勉为人民，
鞠躬尽瘁终无悔。
入山无挂修其身，
不念名利远红尘。
无论出入俱坦然，
富贵于我如浮云。

2020年5月4日于偃师佛光山麓

又闻麦香

回到了久违的村庄，
见到了金色的麦浪。
又闻喜悦感的麦香，
阵阵幸福般的温暖，
在心海里荡漾。
见到了勇敢的弟弟，
见到了慈祥的兄长，
见到了勤快的妹妹，
见到了能干的妹夫，
见到了牵心的孙子，
见到了外甥，
见到了侄女，
吃上了面条，
喝上了面汤。
一家人团聚，
真诚纯朴的气氛，
溢满家园，

充满胸膛。
村外自由的鲜花绽放，
树上欢快的鸟儿在歌唱。
交谈时得知，
哥哥汗水种下的十几亩麦子，
穗大粒饱，
今年又会堆满仓。
过几天就要收割，
再也不用一镰一镰的忙。
巨大的收割机一上场，
十几亩的麦田，
一会儿就割光。
再也不用割麦、
运麦、打场、扬场，
直接的就是麦籽归仓。
我看到一刻也不闲的哥哥，
展开了皱眉，
笑容舒展慈祥。
夕阳西下时，
我抱孙子行走在
丰收在望的金色麦浪旁

此时此刻不知道，
我有何思和何想。

2020年5月22日23日于故乡偃师浮滹村

东郭寺

具茨山秀，
心里羡慕已很久。
双洎水清，
溱洧诗声脑中梦。
东郭寺村，
居易故里系心魂。
关注底层，
诗歌为民而吟诵。
为事而作，
脱离现实非关我。
孺妇皆知，
百姓也懂白诗作。
诗惊大漠，
胡儿亦知长恨歌。
名传海外，
日本朝鲜颂君多。
诗印墙上，

故里犹闻君诗香。
男女会诗，
诗根深扎于故乡。
大塚青青，
生斯归斯永敬仰。
芒种时节，
东郭田园景如画。
好友五人，
手摘红桃在树下。
又鲜又甜，
仿佛诗果真惊讶。
一晌很短，
恋恋不舍方回家。
似有若无，
白诗心底开了花。

2020年6月6日于白居易故里河南新郑东郭寺村

儿女颂

时代楷模张玉滚

感情的潮水在奔流着
我被他的事迹感动着
一个热爱教育的崇高灵魂
时代楷模——张玉滚

他的爱在黑虎庙小学
他的根在伏牛山村
他对学生的爱超越了金钱
纵使高薪也难以撼动山村教师的心
为了学生飞出深山大坳
他宁愿守着淳朴与清贫
他小学五门课样样精通
他像一头老黄牛在教书育人的田地里辛勤耕耘
他像蜡烛照亮学生成长路
他有春蚕无私奉献的精神

思想感情的潮水还在奔流着

我又被他的壮举感动着
一个纯粹高尚的人
时代楷模——张玉滚

他是大山的赤子
他像钉子一样铆在深山
一坚守就是十七年
他把一切都奉献
他对教育的大爱
超越了一切私利
为了运回学生需要的教材教辅
他一根扁担挑在肩
不知道踩过多少泥
更不知道流过多少汗
尖顶山有他的艰辛
八里坡有他的脚印
为了聚心钟爱的教育
他失去了心爱的幼女
为了让学生及时吃到热腾腾的饭
他的妻子手指致残
为了解决教师缺乏的问题
他动员侄儿侄媳从深圳回到家里

学校盖新校舍
他在没日没夜地干
孩子饥了他就是炊事员
孩子病了他就是医生
孩子衣服烂了缝着他的一针一线
下雨了山洪涨了
他背学生过河
多少孩子感到他父亲般的温暖
他像春风给学校吹来了春天
他像甘霖滋润着学生干旱的心田

他就是新时代的精神楷模
他就是新时代的雷锋
他就是山乡教育的传播者
他的事迹在中原大地传颂
一个超越了金钱超越了私利的心灵
令多少人为之感动为之动容
一个一切为了教育一切为了学生的身影
人们会向他学习会向他致敬

2018年9月4日晚参加时代楷模张玉滚颁奖仪式有感

李花美白永芳香

——记李芳

你是春天盛开的一枝李花，
你用自己的美丽把春天扮靓，
你面临生死抉择时，
挺身而出把飞车挡，
“有车，快走！”
成了你生命最后的绝唱。
将生的希望留给了四个学生，
自己却毅然上了天堂。
你把一切都奉献给了教育，
你对学生的爱无边无疆；
你的爱体现了舍己为人的人性光辉，
体现了学为人师行为世范的师德力量；
你就是新时代的张丽莉，
闪现着爱生如子母性般的光芒。
你是我们身边最美的教师，
你是人民最满意的老师，

你是出彩河南人，
你是楷模和榜样。

你是山乡盛开的一枝李花，
李花美白溢着芳香。
谢畈小学留下你的芳姿，
你的声音像春风一样，
至今仍在孩子们的心中荡漾。
绿之风小学掠过你的倩影，
你的话语像春雨一样，
飘洒在学生干渴的心上。
哪个学生有困难，
你是老师却像妈妈那样疼爱，
哪个老师需帮忙，
你都倾情相助热心肠。
对待学生，
你像春天一样温暖；
对待亲朋，
你像秋季一样凉爽；
对待同事，
你像夏日一样火热；
对待困难，

你像冬风一样扫荡。

你是杏坛永不凋谢的一枝李花，
为了教苑的繁荣你把自己的生命献上。
你用芳华写就的最后一课，
你用生命讲完的最后一章，
在世界的教案上，
永远留下芳香。
这是知行合一的经典，
这是师德大爱的闪光，
而你却化作了西天的一抹晚霞，
夜空里耀眼的明星发亮。
大别山为你低头垂泪，
淮河水为你呜咽流淌，
董家河群众为你十里相送，
信阳浉河出现尊师重教的现场。
你的事迹感天地泣鬼神，
你的壮举刹那间永留存。
李芳芳华，29年扎根山乡，
49岁因公殉职，芳华李芳。

2018年9月18日晨草

教育人物胡大白

一

三月烟花绚丽春，
青鸟网传动地音。
风云人物胡大白，
卅年办校传奇人。
谁说女子不如男，
巾帼从不让须眉。
河南唯一上榜名，
中原泱泱幸有君。
民办教育拓荒者，
桃李园里勤耕耘。
黄河科大传天下，
光辉事迹感人深。

二

江苏铜山出生君，
郑州大学献青春。
飞来横祸改命运，
中年却成残疾人。
历史魔幻耐寻味，
一半残酷一半真。
教书生涯似终结，
民办教育第二春。
全身骨节都发芽，
春天故事感人深。
河南第一自考班，
敢为人先弄风云。

三

起始三十实在困，
论说经济确实贫。
全身烧坏容尚在，
烈火焚烧现真金。
一片初心永不忘，
费尽周折主义真。
不怕困难不怕苦，
天生是个胆大人。
广而告之办学路，
凌寒傲霜雪中梅。
艰难起步响春雷，
大白办学见朝晖。

四

心底无私天地宽，
不得一分办学费。
为国为民解忧愁，
人格崇高行为美。
管理魔棒巧手施，
教学质量生命本。
业绩考核奖惩明，
学校规模如山垒。
资源整合露高手，
社会力量巧支配。
黄河科技专科校，
声名鹊起放歌飞。

五

不经风雨难见虹，
谁能随便就成功。
无霜无露终觉轻，
霜打露洒色更浓。
不屈不挠终不悔，
天地人心来印证。
敢吃螃蟹执牛耳，
自学考试方始兴。
河南日报发通讯，
瞭望杂志传英名。
河南教委首认定，
黄河科大如日升。

六

迅猛发展泣鬼神，
精卫填海茹苦心。
全心全意为老师，
学员第一服务人。
课比天大不耽误，
为了学生敢于拼。
稳定教师是根本，
谁人不记快乐饮。
一分当作几分花，
一人当成几人耘。
子规啼血大发展，
东风唤回学校春。

七

开拓拼搏黄科魂，
实干奉献大白心。
实用人才社会需，
无缝对接点子新。
一个好汉三个帮，
土洋结合破旧规。
借得荆州有后劲，
安营扎寨又一村。
十年找党传佳话，
学历教育第一家。
东方时空满朝霞，
东方之子就是她。

八

石灰棚里生大白，
平凡不过女儿身。
扶贫助残行仗义，
扶弱济困菩萨心。
减免学费一千万，
平凡伟大洁灵魂。
人才市场进校门，
酒香也怕巷子深。
两个拳头工与贸，
三大亮点体音美。
唯一民办专升本，
几多辛酸和汗水。
多年心血展成果，
庆功何妨醉一回。
平凡熬出伟大来，
天下谁人不知君。
中国十大女杰者，
教育史上立丰碑。

九

不唯文凭重实用，
一专多能又多证。
学校变成综合体，
一校竟有三万生。
济源创办工学院，
一花引来百花丛。
放眼世界不自封，
美国高校合作中。
校长变为董事长，
老当益壮穆桂英。
中国未来斯坦福，
名重环宇不是梦。

十

桃李芬芳满天下，
为国育才十万生。
两男一女皆人杰，
自家花园花更浓。
家国情怀都能育，
教育大家非虚名。
比翼双飞夫先折，
长哭不起只为情。
无情未必真豪英，
大白情深何处逢。
能文能武能办事，
当今杏坛女英雄。

2019年5月1日劳动节

诚寻芳枝

天将端午佳节时，
又到南国寻芳枝。
山清水秀风光丽，
满城红花正旖旎。
五羊老人钟情地，
改革开放并非虚。
而我向往校园里，
中山大学凝神思。
鲁迅像前沉默立，
寅恪故园意迟迟。
百年学府有大师，
万千学子天下驰。
最是康乐看不顾，
中华名苑受沐浴。
孙文先生亲手为，
欧风美雨先润滋。

世上芳枝在何处，
杏坛土沃共神之。

2019年6月4日于中山大学

绽　放

——观纪念李芳诗剧有感

十字路口
你书写了风流
夜空中
你是最明亮的一颗星
望星空
桃李芬芳就是你的梦
香樟花开
你美美地走来
青春故事
有你的风采
离开还是留下
你展现了云水襟怀
忠诚山乡教育
是你无悔的选择
拯救流浪地球一样
拯救生命令人敬仰

学生像孩子
老师像妈妈
这是别样的礼物
这不是编造的童话
你对学生的爱大山作证
你对教育的爱像那满山的映山红
两张证书是你爱的初心
漫漫岁月走过你教书育人的身影
美是什么
是给人的深深震撼
是人性的光辉一闪
繁星点点生活如歌
如泣如诉星星知我
杜鹃花红似血
年年岁岁绽放
十字路口
永留芳香
大别山为你低头
董家河为你呼唤
四千人为你送别
那场面撼地动天
一朵英雄花

化作了满山的红杜鹃
一个个老师发出了誓言
一个个学生决心像你一样灿烂
永远星光璀璨的星空
永远鲜艳绽放的映山红

2019年6月13日河南大学记感

竹林品牌赵明恩

一

万山丛中有山村，
此村名字叫竹林。
缺土缺水缺机遇，
石多坡多难出门。
山高路陡无人知，
村穷人贫哪得闻。
改革开放春风吹，
沉睡小村欲翻身。
一声春雷神州响，
只因出了赵明恩。
竹林奇迹天下传，
深山凤凰竹林镇。

二

出生巩县赵明恩，
土生土长竹林人。
一家六口挤一窑，
饥一顿来饱一顿。
拾煤担煤驮煤卖，
农民工人经历身。
会计秘书都干过，
苦辣酸甜感受深。
愿干敢干又实干，
渐露头角立风云。
学习委员爱读书，
河南日报曾发文。

三

平生难忘三件事，
一生触动留在心。
寒冬时节无棉衣，
影响形象不让去。
柏枝勿换驴嘴罐，
滴水相报永记恩。
遭受委屈苦心志，
不信谗言座右铭。
曾去临汝买红薯，
经受折磨出大力。
让百姓吃饱穿暖，
最大心愿系平生。

四

口若悬河赵明恩，
难忘一九八三春。
分风刮得人不寐，
富起只是部分人。
一盘散沙让人急，
共同富裕乃初心。
休养在家思考深，
多少致富没有门。
七天七夜大讨论，
三中全会定乾坤。
热火朝天人心齐，
摆脱贫困新竹林。

五

乡镇企业学苏南，
无锡常州连江阴。
他山之石可攻玉，
一花引来百花春。
万水千山都走遍，
千辛万苦皆吃尽。
村办企业遍地起，
千年竹林脱贫困。
比贡献，爱竹林，
谋发展，永创新，
讲文明，共富裕，
十八字竹林精神。

六

万人大会学竹林，
会议发言赵明恩。
历史天空留记忆，
一片丹心实干人。
当党员就像党员，
工作生活冲在前。
当干部就像干部，
吃苦吃亏掏肺腑。
党员干部为群众，
一腔热血两袖风。
免税引水长寿山，
万众交口谁不赞。

七

市场经济如大洋，
强者无惧搏风浪。
林场会议奠基础，
竹林飞跃明方向。
翱翔会议三腾飞，
雄鹰展翅蓝天上。
太龙收购桐君堂，
演绎现代蛇吞象。
庆州集团现代房，
天祥公司呈瑞祥。
盛隆龙威盛彤红，
雏鹰矫健飞山乡。

八

东方风来满眼春，
一石激起千层纹。
学习考察开眼界，
竹林村变竹林镇。
村镇变化如魔法，
美妙前景不可论。
投入产出永恒理，
理念一新万桶金。
世代只是种地户，
也向科技高精深。
持续发展先行区，
山乡长出新竹林。

九

党建建镇谁曾闻？
竹林三评功最深。
至今坚持卅六载，
迎来美名天下春。
群众评议众党员，
党群关系鱼水亲。
党员评议党支部，
战斗堡垒植人心。
支部评评党委会，
领导核心有根本。
党的建设高质量，
引领发展乃原因。

十

无有竹林无明恩，
没有明恩何竹林。
不知谁有谁无有，
竹林品牌系一身。
各种荣誉多无数，
并非一朝天下闻。
踏雪寻梅梅香久，
无意争春春先头。
刚说竹林春色好，
又有山名延长寿。
竹林长工确是者，
服务人民不退休。
滔滔大河东流去，
悠悠苍天会记君。

2019年8月10日

谷文昌

中华腹地矗太行，
太行本是她脊梁。
愚公移山诞生地，
太行儿女之血浆。
林木巍峨山叠嶂，
高山峻岭出凤凰。
深秋时节访谷乡，
红果累累黄梨香。
家庭贫困学石匠，
追求革命当区长。
报名南下到东山，
绿化海岛敢担当。
治服风沙有作为，
满岛遍植木麻黄。
带领群众拼命干，
终将穷帽抛大洋。
一心一意为人民，

没有半点私心藏。
先祭谷公再宗祖，
公之大名闽地扬。
中央党校六榜样，
学习楷模有公像。
公之故乡学习堂，
谷公事迹镌心房。
面对雕像三鞠躬，
不觉竟有泪水汪。

2019年9月24日于林州谷文昌故居

海棠湾夜色

——2019年马云乡村教师奖颁奖典礼

月亮下，
椰树旁，
颁奖盛典动人肠。
焰火美，
灯光亮，
千五百人热闹场。
心有光芒，
必有远芳，
百位教师事迹扬。
点心灯，
播希望，
教书育人真该赏。
教育界，
企业方，
同心协力育栋梁。
有院士，

有名芳，
马云先生亲颁奖。
琴儿悠，
器声响，
海棠湾里正歌唱。
月亮明，
椰风畅，
尊师重教国必昌。

2020年元月6日于三亚海棠湾

北欧行

北德行

天空瓦蓝瓦蓝像洗过一样，
天空中片片白云在飘荡，
不时还有鸟儿低翔歌唱。
绵绵的树林像无尽的长廊，
青青的绿草像茵毯无边无疆，
灿灿的郁金香成片片像金子般黄。
如诗如幻的画里坐落着点点村庄，
白墙红顶像画笔染上，
自然人居如此宁静安详。

2011年4月23日于德国法兰克福到荷兰道中

上京杂感

末伏时节，
天将中元。
花红柳绿，
满目粲然。
上京签证，
将到瑞典。
绿城京都，
来往三千。
朝发夕回，
感慨万端。
小厢之内，
二人乘辇。
一为老夫，
另乃女仙。
余有何能，
承受上贤。
本为百姓，

幼时贫寒。
改革开放，
榜上曾点。
父母养育，
念之泪涟。
党之大恩，
常存心田。
夕阳将下，
崦嵫在前。
羲和勿迫，
时光如电。
奋力奔跑，
不用扬鞭。

2019年8月14日于高铁上

行何处

处暑节后真舒坦，
酷热已去天未寒。
寅夜乘机向何处？
地球那边北欧天。

2019年8月25日3点

到哥本哈根

山一程兮水一程，
身在西天意惺忪。
万水千山都飞过，
哥本哈根一望中。

2019年8月25日降机时

哥本哈根印象

丹麦王国梦中有，
谁想今日到此游。
哥本哈根留印象，
不褒不贬任我由。
美丽洁白白天鹅，
高贵典雅气质优。
朴实纯厚木春菊，
玛瑙累累红花楸。
城市上空飞海鸥，
街道两旁白鸽走。
大海之畔美人鱼，
赫赫大作传万口。
童话王国仰慕之，
安徒生居幸一瞅。
证券交易四百载，
市政建筑百年久。
吉菲昂神传说美，

海岛仙湖赖牧牛。
皇宫议会只地标，
人们并不作高楼。
哥市也非豪华地，
设施陈旧不一流。
丹人跑步入眼球，
自行车者满街稠。
幸福指数排前头，
宁静安闲或可讴。
今日老夫匆一记，
他山之石为鉴留。

2019年8月25日于哥本哈根

丹麦赞

清雅国花冬青花，
石榴质朴红花楸。
屋里水泥原色露，
道旁小路净石头。
土路水道皆实用，
并非豪华遍高楼。
空气清新水甘洌，
阳光明媚初入秋。
芳草萋萋质地碧，
红花灼灼海风柔。
北欧粮仓人口稀，
富裕安静年长寿。
实实在在天不亏，
偏僻小国名全球。

2019年8月26日晨于哥本哈根

访丹麦技术大学

阳光明媚空气好，
芳草茵茵桠枫茂。
校园质朴宽松散，
虽说闻名不像校。
水泥柱子呈本色，
木质楼梯乃原貌。
世界诺奖几多个，
科技创新分外高。
高薪引得凤凰至，
梧桐自然不可少。
人少小班教学妙，
悉心栽培育壮苗。
自由清新呼吸畅，
国小才多环境造。
丹麦王妃文雅丽，
亚裔才女别样娇。
泱泱中华大开窗，

科技大国任逍遥。
高校建设需时日，
急躁冒进不可要。

2019年8月26日于哥本哈根道中

一幅图画

一幅美丽的图画
丹麦北部平原
土地一块块
牛羊几群群
麦子连陌
树茂草茵
好一幅田园诗画

一幅美妙的图画
丹麦北部丘原
道路成网络
家户状星点
经典风情
无谓城村
好一幅城镇活画

一幅壮美的图画

丹麦波罗的海畔
海水蔚蓝起波澜
海峡对岸是瑞典
海鸥悠然天上飞
古堡皇宫已存六百年
好一幅海堡古画

2019年8月26日于丹麦道中

街头散见

老夫街头偶一过
但见路边摊位多
也有男来也有女
也有白人也有黑人
一杯啤酒坐多时
且把时光来消磨
也有大声也默默
也有对视也欢乐
西人也有几多聚
哪个地方喜寂寞
更有引我注目者
吸烟女性多男者
桌上放着烟灰桶
望之吸者何其多
请看普天之下所有者
谁喜痛苦
谁喜寂寞

都爱洒脱

都爱欢乐

2019年8月27日于哥本哈根

街头小行

谁见街灯吊街中，
谁知此法真实用。
不用电杆不用柱，
牵几条线就搞定。
空中确有海鸟飞，
路上真见鸽子影。
屏间美女太艳丽，
街上女人亦普通。
来往行人络绎过，
不慌不忙不匆匆。
道边也有摆摊者，
一杯啤酒时光中。
店内喧声不绝耳，
我行我素非关侬。
老夫不爱逛商店，
独自徘徊街头行。

唯看往来各色人，

妙味在心觉无穷。

2019年8月27日于哥本哈根

将别丹麦

丹麦已到有三天，
将别将离无攸关。
唯知科技乃强国，
才将老夫心底安。
女子吸烟是享受，
男儿文身不罕见。
生活只为寻常事，
东花西花俱鲜妍。
创新发明能圆梦，
人间正道看尧天。

2019年8月27日于哥本哈根机场

丹麦一记

蓝蓝天空白云飘，
将别一记心头绕。
木春菊花不艳丽，
印象深刻不可抛。
地偏国小天下晓，
幸福指数位前茅。
工资税收福利多，
看病上学不烦恼。
最是上心难忘者，
学习职教收不少。
市场之上看收入，
多数尊重不小瞧。
老夫苦寻教育道，
丹国做法是一招。
虽将登机草记之，
他山之石可参照。

2019年8月27日于哥本哈根机场

将到芬兰

只知手机诺基亚，
又晓热浴是桑拿。
今日将到芬兰去，
领略迷人兰铃花。

2019年8月27日于哥本哈根机场

芬兰放声

太阳洒下明媚的阳光
无边的白桦林连着远方
汽车向北疾驰
车上有一位来自中国的高郎
他将在中芬合作论坛上放声
他将登上坦佩雷大学的讲堂
此时他听到了林间小鸟的歌唱
此刻他既激动又安详

2019年8月28日于芬兰高速道中

芬兰有感

芬兰地广森林茂，
纸张像布一样好。
也是人心爱节俭，
手纸循环诚可道。

2019年8月28日于芬兰坦佩雷道中

秋海棠

芬兰纬高花不艳，
四季海棠却嫣然。
惟妙惟肖玫瑰色，
到处烂漫笑秋天。

2019年8月28日于芬兰坦佩雷

花　楸

如灯红红似火烧，
若榴若杞若玛瑙。
一树繁花谁不喜，
做人宛花唯厚道。

2019年8月28日于芬兰坦佩雷

看　湖

遍地森林松树茂，
毗邻湖水蔚蓝妙。
登高望远心旷怡，
湖天一色风光好。

2019年8月28日于芬兰坦佩雷

访坦佩雷科技大学

八点底的芬兰
沐浴着暖暖的阳光
坦佩雷科技大学
森林深处的地方
虽处高纬偏远
却依然令人向往
她的办学理念
别具一格不一样
校长由政府老师学生推荐
风度翩翩有修养
副校长当过企业家
教师有经验有专长
学生学习与实践结合
毕业论文在企业完章
上天造物主设定
紫罗兰与兰铃花有着同样的芳香
理论高大上

但它在地平线的远方
运用技术真宝贝
像吃饭也像喝汤
世间万物非寻常
各有各的特长
或许这就是她快速变化之处
或许这就是她神奇的殿堂
工程师和企业家的摇篮
这才是她放出的光芒
所幸河南芬兰高校合作已签约
未来已露出了霞光
人类是伟大的
携手共进才会更坚强
教育是丰富多样的
多彩的世界熠熠生光

2019年8月28日于芬兰道中

芬兰秋色

芦苇一片片，
野鸭几群群。
无名湖尚碧，
林泽兰浅深。
桠枫树挺拔，
林间叶落陈。
绕湖跑步者，
多为健身人。
君问乃何处，
芬兰秋色临。
极夜将会至，
万物现本真。

2019年8月28日于赫尔辛基

赫尔辛基见闻

赫尔辛基只是听，
谁见高纬真面容。
初猜北欧定寒冷，
到此才觉心一惊。
俨然一座大城市，
人数竟达百万众。
城市建在公园里，
森林把市包围中。
规划朴实益民生，
道路房屋也井井。
市中广场百半年，
建筑气势还恢宏。
街头多有石头路，
有轨电车任纵横。
大雨倾盆不积水，
海绵城市自会渗。

铁轨冬天自加热，
暴雪如席不堵城。
地下通道不虚传，
道里传来跑马声。
千岛之国确是之，
城中已见湖水澄。
奇花异草觉无数，
老夫难以叫全名。
更让老夫感慨者，
自然人口和谐生。
全国只有五百万，
土地面积抵两省。
牛羊成群黄金牧，
柏松茂密显文明。
人少地广非过誉，
相适相宜人从容。
宽松自由兴科学，
技术大国无虚荣。
中华自古称神州，
天时地利更兴盛。
他国之长为我用，

定会复兴中国梦。
老夫不寐草赋之，
聊表一片爱国情。

2019年8月29日于赫尔辛基

西贝柳斯

——为记芬兰音乐家而作

波罗的海大海旁，
西斯公园桦松苍。
三根粗柱连大地，
六七一管闪银光。
抵抗侵略传不朽，
唤醒人民永流芳。
管风琴声动中土，
老夫也为上心香。

2019年8月29日于赫尔辛基

岩石教堂

岩石之中建教堂，
样子好似飞碟状。
音乐伴着流水出，
琴声幽幽也悠扬。

2019年8月29日于赫尔辛基

参观古建筑有感

整体设计非一人，
构思巧妙堪绝伦。
气势恢宏叹观止，
细节精致惊心魂。
经久耐用百半载，
非虚非夸实在真。
科学精神需学习，
工匠技艺才超群。
中西合璧确为道，
求实艺术出创新。
富国强兵兴盛路，
中华腾飞是根本。

2019年8月29日于赫尔辛基

诗人鲁德维格

面对铜像心敬仰
国歌作者永流芳
祖国，父母之邦
祖国，传扬四方
再没有别的钻天高峰
再没有别的山谷海岸
为我们所热爱
像祖国一样
永远在芬兰流传
永远把人们的心灵激昂

2019年8月29日于赫尔辛基

故　支[1]

过去他年时，
人生快意四件事。
久旱逢甘霖，
金榜题名时。
洞房花烛夜，
他乡遇故知。
现在海外时，
人生快意四件事。
故国好消息，
家人平安日。
烦恼无挂夜，
他乡遇故支。

2019年8月29日于赫尔辛基

【注释】

①支：在这里指支付宝。

玻璃翠

街头遇见君，
不禁回头频。
色如牡丹艳，
眉似茶花颦。
高寒无人知，
短暖有春心。
本乃海棠质，
光彩可照人。

2019年8月29日于赫尔辛基

告别芬兰

告别圣诞老人的故乡
我没有什么不能忘
唯有坦佩雷大学校长的话语
留在我心上
人类的未来是有前途的
充满着希望
只是人是关键
看你如何选择
如何奔向远方

2019年8月29日于芬兰到瑞典游轮上

海　上

在苍茫的大海上
放眼所望
一派辽阔
一派别样风光
真让人舒畅
真让人心胸宽广
突然，前方的天上
一片乌云笼罩霞光
但是，那霞光还是射放
还是呈现了迷人的辉煌
是啊，乌云怎么能遮住太阳
光明就在前方

2019年8月29日于游轮上

巨轮上

好大的巨轮啊
真像一个足球场
可以散步
来回走两圈
就可饱览海上风光
好大的巨轮啊
像一幢大楼
足足有十二层
上面的客房
就像宾馆一样宽敞
好大的巨轮啊
真像一家饭店
可以供一千多人就餐
品种繁多各种美味供客人品尝
好大的巨轮啊
它有一条商业街
商品琳琅满目

顾客络绎不绝
真像一家大型商场
好大的巨轮啊
它真是一个小社会
有人泡澡
有人唱歌
还有人赌博
更多的人在生活
这艘巨轮在迎着风浪
这艘巨轮在迎着朝阳
这艘巨轮在克服各种困难
这艘巨轮在朝着目标前航

2019年8月30日于游轮上

资本与海

资本与海
有着不解之缘
资本有冒险精神
海就成了冒险家的乐园
资本有扩张性
海之外就不断地被发现
资本有侵略性
于是就有了
海上马车夫
海上海盗海匪
海上岛屿收藏家
海外殖民地
如今世界的格局
当今天下的大势
于是就有了
老人与海的故事
成年人与海的冒险

妇女与海的解放
少年与海的历奇
于是就有了
船坚炮利的血腥
舰队与海的战争
航母与海的霸道
海空时代的光耀
于是就有了
海树的翠绿
海花的鲜妍
海鸟的自由
海边的喜欢
海居的芳草
海房的坚固宽敞
于是就有了
资本与文明
资本与世界
资本与未来

2019年8月30日于游轮上

乘海轮到瑞典

没有汽车的颠簸
没有飞机的轰鸣
乘巨轮在海上
感觉如此平稳
如此出众超群

看到了海日
欣赏了海色
看到了自由的海鸥
欣赏了海云的多彩
看到了船的巨大
闻到了资本的味道

枕着海涛
躺在海浪上
睡得安详
梦里回到不觉遥远的故乡

其他没有更多的异样

2019年8月30日于斯德哥尔摩

瓦萨沉船

沉船海底三百年，
船上宝物二万件。
阿道富王任加炮，
坦特来神佑也难。

2019年8月30日于斯德哥尔摩

警　花

街头突听马蹄踏，
马背之上坐警花。
至今巡逻留骑警，
也有遗韵也奇葩。

2019年8月30日

贝拿多特

将军国王骑战马，
阳光之下威风飒。
只缘心中向瑞典，
法人也被瑞人夸。

2019年8月30日

皇家换岗

巡警开道马声踏，
皇家警察换哨卡。
锣号声声锣鼓响，
仪式庄严无疵瑕。

2019年8月30日

水柏枝

三春水柏枝，
生在贫瘠地。
扮靓富贵人，
不藏深闺里。
低微非弄色，
问君知不知。

2019年8月30日于斯德哥尔摩

访斯德哥尔摩大学

斯大校园景色美，
芳草萋萋入帘来。
学校直与公园邻，
风景如画非虚言。
建筑朴实又典雅，
墙壁白色顶红瓦。
图书馆里所见者，
更让老夫觉惊讶。
全民教育全民学，
普通民众皆可拿。
此处借书别处还，
图书公用更应夸。
终身学习窥一斑，
创造大国有根缘。
诺奖得主竟五个，
更是该校园中花。
重视教育落实处，

舍得投入更奇葩。
有钱有款捐教育，
并非只留儿女家。
国家税收来调节，
不捐不行非由他。
座谈心里起涟漪，
妙语如珠草记之。
核心理念育学生，
为育桃李价连城。
趣事网红传网上，
为生敢用雇佣兵。
天赋人权人公平，
两极分化难成形。
女权主义得一见，
男女平等确实现。
当上教师受尊敬，
年轻学生爱师范。
学生学习积极性，
不压不挤自然成。
中学阶段鼓发展，
红花白花任天然。
学生不分三六九，

百花齐放各自由。
不为孩子发大愁，
不为上学泪水流。
上学也有设立线，
素质评价看多元。
私立学校经费有，
教师也拿他薪酬。
访罢归来唏嘘久，
有益参考上层楼。
中美贸易正大战，
有暇西瞧别忘欧。
别样风景奇特地，
康氏①赞誉第一秀。

2019年8月31日于斯德哥尔摩

【注释】

①康氏：指康有为，曾居住斯德哥尔摩。

市政厅[1]

梅拉伦湖波光影，
湖畔矗立市政厅。
非是构建奇妙思，
皆因诺贝尔大名。

2019年8月31日于斯德哥尔摩

【注释】

①市政厅：每年12月10日诺贝尔奖晚宴在此举行。

白蝴蝶兰

市政厅里蝴蝶兰，
高贵典雅女议员。
人人平等花为证，
男女各半是天然。

2019年8月31日于斯德哥尔摩

梅拉伦神厅

市政厅里有名厅，
梅拉伦厅出神名。
金碧辉煌奇上奇，
七图[①]七门更心惊。

2019年8月31日于斯德哥尔摩

【注释】

①七图：指市政厅里墙上的七幅画，揭示了人从生到死的过程。

瑞典皇宫

椴树葱葱大丽黄，
皇后岛上郁苍苍。
王宫巍峨且壮观，
一片残云沐斜阳。

2019年8月31日于斯德哥尔摩

龙舌兰

郁郁龙舌兰，
生在砂石间。
源自墨西哥，
北欧更蔚然。
不管贫穷地，
还是富贵田。
人尔亦如此，
四海皆可眠。

2019年8月31日于斯德哥尔摩

西格图纳小镇

蓝天白云秀容姿，
湖光山色添美丽。
芳华千年掩不住，
瑞典曾经之首都。

2019年8月31日于西格图纳小镇

小镇瞥见

椴树青青葵花红，
五百年前市政厅。
千姿百态都也有，
瑞国文明万花筒。

2019年8月31日于西格图纳小镇

梅拉伦湖畔

旱柳青翠湖水澄，
悠见野鸭戏水中。
湖畔柳下美人坐，
西式生活一小境。

2019年8月31日于西格图纳小镇

小　景

红房绿树丛，
大雁澄湖动。
此景何处寻，
只在自然中。

2019年8月31日于西格图纳

途　景

百里树相连，

缠绵湖[1]伴随。

蓝天白云下，

偶见海鸥飞。

2019年8月31日于瑞典道中

【注释】

①湖：指梅拉伦湖，湖面有一千多平方千米。

斯德哥尔摩城有感

斯德哥尔摩，
只是听说过。
今秋到该地，
老夫感慨多。
北方威尼斯，
水城名各国。
空中海鸥飞，
地上见白鸽。
虽位高纬度，
秀丽亦可歌。
夏日芳草萋，
碧绿满山河。
冬季鹅毛飘，
银装且素裹。
丘山连山外，
岛屿间水波。
连年不折腾，

只是过生活。
乌鸫鸟鸣叫，
铃兰花开娇。
小花楸惹眼，
大丽花妖娆。
波罗的海连，
梅拉伦湖包。
老城留遗韵，
河湖飞连桥。
建筑古典雅，
王宫夕阳照。
蒙面舞会传，
皇后神秘岛。
沉船引热潮，
人们络绎瞧。
市政厅看众，
各色人不少。
空旷而清冷，
疏淡蓝色调。
男女平等好，
瑞国去追求。
赫赫诺贝尔，

大名垂宇宙。
发明创造者，
美誉享全球。
寻常温度计，
摄氏该国造。
灵活小鼠标，
一天离不了。
或许纬度高，
极夜又极昼。
或许人孤独，
宁静复自由。
二百年无战，
和平已永久。
创新拔头筹，
斯地更文秀。
也有事烦恼，
也有难民闹。
常让人关注，
多少人争吵。
吃饱又平安，
才是最重要。
三高[①]幸福高，

心中乐陶陶。
本来偏寒地，
恍若桃源里。
偌大一社区，
老夫也唏嘘。

2019年9月1日晨于斯德哥尔摩

【注释】

①三高：瑞士地区人民的幸福指数是最高的，瑞士是全球社会最安定、经济最发达的国家之一。

西式商场

天空蔚蓝调，
艳阳遥相照。
孔雀草色娇，
美人蕉含笑。
硕大蔷薇苞，
檐上喜鹊叫。
老夫聊无事，
西式商场瞧。

2019年9月1日于斯德哥尔摩

东西花

东花西花俱鲜艳，
红花黄花都养眼。
千姿百态各种鞋，
五颜六色多样包。
琳琅满目眼缭乱，
东西交流物齐全。
只管欣赏莫问钱，
老夫一看一慨然。

2019年9月1日于斯德哥尔摩

中西餐

中餐好吃忘不了，
美味佳肴乐陶陶。
谁知西方出差了，
中餐再好离远了。
西餐难吃味难道，
怎奈不吃不行了。
慢慢学吃也说好，
营养全面质量高。
中餐怎么忘不了，
偶尔吃顿味道妙。
西餐慢慢适应了，
味道其实不首要。
白酒刚烈莫喝高，
红酒健身也很好。
啤酒一杯品味道，
适时合情度把好。
中西合璧真的好，

中餐西餐皆可要。

虽好中餐不贬西，

虽吃西餐中永记。

而今我为中西歌，

中餐西餐都很好。

2019年9月1日于斯德哥尔摩

诺贝尔纪念馆

百日菊花疏且雅，
山桃茎草白又洁。
纪念馆里纪念者，
震撼唤醒了世界。

2019年9月1日于斯德哥尔摩

感古城

海畔湖边看古城，
石街楼屋略相同。
七百年路悠然过，
依稀又见昔日影。

2019年9月1日于斯德哥尔摩古城

公园偶遇

椴树青青碧草茂，
遇见园内野兔跑。
忽然一阵紧急雨，
伙伴心里乐陶陶。

2019年9月1日于斯德哥尔摩

晚　霞

夕阳下，美晚霞。
看外景，蒸桑拿。
一天疲惫消散去，
也无忧来也无挂。
北欧地偏天寒冷，
增阳祛阴有妙法。

2019年9月1日于斯德哥尔摩

无　蚊

瑞典几天不见蚊，
无蚊真的很爽身。
或因天寒无处藏，
梅花欢迎满天雪，
冻死蚊子是成因。
或因干净环境洁，
铃兰不喜污世界，
扼杀蚊卵无处寻。
无蚊老夫值一赞，
犹闻人们睡声酣。

2019年9月2日于斯德哥尔摩

大叶朴

喜光耐寒大叶朴，
别名又称白麻子。
不嫌贫瘠不爱阔，
一心只向光明直。

2019年9月2日于斯德哥尔摩街头

看　云

平生有机看海云，
海云变幻感深深。
或如天马在奔跑，
或如天狗在狂吠。
或如天驴在爬坡，
或如天牛在耕耘。
或如石头几块块，
或如白羊一群群。
海云远比陆云厚，
原是海云含水分。
海云远比陆云低，
那是海云离海近。
千变万化的海云，
千姿百态的海云，
千奇百怪的海云，
万看不厌的海云。
伸手可摘的海云，

牵心动魂的海云。
可歌可泣的海云，
老夫放思为汝吟。

2019年9月2日于斯德哥尔摩机场

欧风秋

金秋时节到北欧，
考察探索海陆州。
六人九天访三校，
百思千想问十求。
座谈对比开眼界，
交流转换上层楼。
岁月如隙白驹过，
我今记咏一段秋。

2019年9月2日斯德哥尔摩机场登机回国时

东　归

东风吹，故乡归，
西飞雁儿今飞回。
纵使千山与万水，
怎阻我如箭归心。
纵使西餐也可嚼，
怎比我华夏神威。
纵使也闻资本味，
他乡怎比我乡美。

2019年9月3日于北京机场

网络·情

感悟红旗渠

林县缺水自古哀，
思水想水何其待。
天旱山高徒兴叹，
几多悲剧确无奈。
自从来了共产党，
改天换地大气派。
杨贵书记领头羊，
带领群众山河裁。
神工铺上敢斗鹰，
老虎崖下渠安排。
十万英雄十年力，
劈山修渠漳河来。
人工天河谁曾见？
太行山腰飘蓝带。
愚公移山今又现，
当今大禹传万代。
红渠精神创奇迹，

中华儿女真豪迈。
历久弥新兆后人，
超越时空不褪色。
照比实干多少载，
民族复兴何壮哉。

郑州吟

绿城风华名五洲，
欲说郑州语不休。
巍巍嵩岳矗天中，
滔滔大河万古走。
曾为华夏第一都，
有熊古国更远久。
子产贤相知城内，
列子道法传神州。
洛神洛水归大河，
潘安貌美领风流。
天下功夫数少林，
海内名士羡许由。
九州之核堪天心，
中原逐鹿鞭先投。
官渡之战成范例，
楚汉相争留鸿沟。
京广陇海巨龙汇，

风起云涌撼牛斗。
航空港里起蔚蓝，
犹如大海飞金鸥。
郑州班列连亚欧，
郑东新区上层楼。
满城遍植梧桐树，
凤凰来仪鸣枝头。

夜游长江

长风万里秋意凉，
烟波浩渺夜笼江。
江天空蒙成一色，
苍天江水两茫茫。
恍见神女下高唐，
疑梦潇洒楚怀王。
两岸灯火如白昼，
一船笙歌似仙乡。
忽惊大江奔腾急，
方觉人生若露霜。
江水代代无穷已，
人生年年只相仿。
在江之上欲天问，
心中桃源在何方。

2007年9月28日于武汉长江船上

奥运到神州

奥林匹克到神州，
华夏举国笑不休。
牡丹梅花色娇艳，
黄莺杜鹃音婉啾。
昆仑珠峰擎巨擘，
三山五岳扬眉头。
岭南塞北皆欢语，
长江大河喜奔流。
阿母瑶池开庆会，
李白仙界放歌喉。
吴刚忙捧桂花酒，
嫦娥翩翩舞长袖。
宙斯玉帝相聚首，
西人东人紧握手。
敬榄绿枝传域内，
和平白鸽飞环球。
波罗羲和比肩走，

圣火光耀人无忧。
雅典卢舍并普照，
笑容满世且长久。
情爱波涛连四海，
友谊歌声遍五洲。

2008年5月2日

既然选择了远方

既然选择了远方，
就别眷恋脚下的故乡。
虽然故乡的泥土散发着芳香，
他乡的山水也有别样的风光。

既然选择了远方，
就不要犹豫和彷徨。
只有风雨兼程大步向前，
才能实现心中的梦想。

既然选择了远方，
就要像雄鹰一样在蓝天翱翔。
不要低低地像蓬间雀，
一飞也不过数丈。

既然选择了远方，
就要学会把欧罗巴的奇花欣赏。

经过西风欧雨的滋润，
玫瑰花和紫罗兰也一定含香绽放。

既然选择了远方，
就要能够把牛排奶酪品尝。
东方的饮食虽然甘美，
西方的肉奶更使你健壮。

既然选择了远方，
西方智山上的宝贝要多多收藏。
东西兼通满载归，
你才无愧中原沃土的育养。

2010年3月7日

阿罗哈，夏威夷

阿罗哈，夏威夷，
你是上帝撒下的一把珠子，
你是美丽无比的天使，
你是尘世的天堂，
你有无与伦比的秀丽。

阿罗哈，夏威夷，
你是蔚蓝色包育的岛屿，
你瓦蓝瓦蓝的天空蓝得出奇，
你是片片白云的出发地，
你深蓝浅蓝的大海是如此的纯碧。

阿罗哈，夏威夷，
椰风海韵是你独特的魅力，
四季温暖如春你才如此不可代替，
阳光沙滩你是旅人理想的栖息地，
你是多少人梦想的归宿和希冀。

阿罗哈，夏威夷，
你是连接南北的十字，
你是东西文化交汇的锦织，
你的空气里弥漫着温馨浪漫，
你的诗篇写满着闲适安逸。

阿罗哈，夏威夷，
你是风华绝代的处子，
你是神木扶桑花盛开的艳丽，
你是人间独有的第一，
你是永恒的温情的夏威夷！

2010年4月12日于夏威夷

春江烟花夜

——2010 年上海世博会开幕式感怀

浩荡的春风吹拂在远东的海上，
美丽的黄浦江一派春光，
人类文明在此交汇，
今夜这里成了鲜花和欢乐的海洋。

黄浦江成了全世界春意最浓郁的春江，
五千年都没有此夜丽靓，
代表了全球城市榜样的地方，
一下子就吸引了全人类的目光。

四海的清歌妙音都在为她歌唱，
《蓝色多瑙河》如此引人遐想，
《梁祝》天音是从人心中流淌，
西方和东方两大神曲的合唱是怎样地令人心魂荡漾。

灯与光的交织把这里变幻成了人间天堂，

绚丽烟花和五色激光把这里装扮成了瑶池阆苑，
一时间她好像汇集了普天之下的光明，
她像东君一样神采奕奕容光闪亮。

西方宙斯诸神也使这里安详，
东方玉帝王母也感到荣光，
傲光海若也使海晏波平，
东西方各路圣仙一起为这里降下了吉祥。

这里闪烁着人类文明之曙光，
人们有理由为她歌唱，
今夜这里灿烂无眠，
今夜这里溢彩辉煌。

2010年4月30日夜

世界博览会

世博是什么，
她是各国生活观念的拼盘，
她是各国生活形态的呈现，
不同生活理念下的人们，
都有着各自的甜蜜各自的安然。

世博是什么，
她是五大洲浓缩的美好家园，
她是四大洋展现的海水蔚蓝，
千山万水间生活的人类，
都有着各自的故园同顶一片蓝天。

世博是什么，
她是人间绝代风华的表演，
她是尘世奇容秀颜的大观，
她是光荣与梦想的诉说，
她是辉煌和灿烂的预言。

世博是什么，
她是万国物品的五彩缤纷争奇斗艳，
她是万种货物的琳琅满目如海似山，
手工产品蕴含着优秀儿女的智慧，
高科技术代表着人类未来的梦幻。

世博是什么，
她是友好和谐与笑脸，
她不是冷漠和傲慢，
她是真诚合作与交流，
她不是孤独和偏见。

世博是什么，
她是北斗星南十字架引领着人类的航船，
她是向日葵永远朝着太阳鲜妍，
她是光明和温暖，
她让人类诗意地栖居在人间。

2010年8月17日于上海

春天里的童话

在人间最美的四月天，
百花盛开散发着馥郁芳香。
一场震动世界的婚礼正在举行，
王子威廉和灰姑娘凯特将成为新郎新娘。
他们是相爱的同学同窗，
他们走过了八年的恋爱之路如此漫长；
他们冲破了王子和平民350年不能结婚的藩篱高墙，
他们书写了神话让爱不再是梦想。
这场婚礼震撼着全世界的心房，
这场婚礼使英伦三岛变成了欢乐的海洋；
这场婚礼会进入人类的编年史，
这场婚礼永远感动着人间和上苍。
伟大的女神告诉人们：
真爱什么也不可阻挡，
爱情永恒到地老天荒。

2011年4月30日于法国道中

威尼斯之梦

世界上有一片很小又很大的海疆，
小到百多个岛屿组成的联邦。
大到每年两千万人前来观光，
她迷人的风度在水一方。
一千五百年前她是一片沼泽一片大荒，
千年前的威尼斯人把她开垦打桩。
因为她是欧亚大陆的十字路，
她是天然的良港。
于是，她进入了甜蜜的梦乡，
她开始了蔚蓝色大海的畅想。
她开始对重商主义情觞，
她进入了贸易强国之行。
于是，她有了无与伦比的辉煌，
她把财富变成了楼房。
她把海水驯服成蛛网，
她把海岛建成水上天堂。
于是，她把黄金镶在了房上，

她让狮子长了翅膀，
她八百年前有了壮丽的圣马克广场，
她六百年前有了近代的银行。
可是，海风转变了方向，
斗转星移她已经珠黄。
但是，她仍然有海风海韵，
她仍然有她的荣光。
廊桥遗梦仍是她的芳香，
贡多拉仍让人留恋难忘。
马可·波罗仍是她永远的骄子，
玻璃绝品仍然琳琳琅琅。
面对大海她时刻准备起航，
在蓝色的大洋里劈波斩浪。

2011年5月5日于意大利道中

你是真正的英雄

——读李文祥事迹夜不能寐，有感而作

社会转型，谁是英雄，
谁能把人的心打动，
读谁竟能使人热泪涌。
是你呀，李文祥，
你才是真正的英雄。

你是血与火中战出来的英雄，
你是战场上不死的精灵，
六次战役都有你的捷影。
解放的战火硝烟永远铭记你，
你为新中国的诞生立了大功。

你是和平时期的英雄，
功臣甘当农民把地种。
这比壮士断腕更让人敬，
这让天地泣 鬼神惊，

这更显示了你的亮节高风。

你是境界领地的英雄，
你的精神高度超越了私的狭空，
你是翱翔蓝天的雄鹰。
你是一把标准的尺子，
高低长短经你一量就显了原形。

你是灵魂崇高的英雄，
你的灵魂像金子一样纯净，
你是黄河岸边一棵挺拔的青松。
你像一面明亮的镜子，
美丽丑陋经你一照，
就立即看得分明。

你是清廉战场的英雄，
你是孕育收获的良种，
你是辛勤耕耘的富翁。
你像一股透彻的清流，
经你一过就能荡涤浑浊的世风。
英雄大音希声，
巨人大象无形，

你是风雨后偶现的彩虹。
李老英雄像嵩岳，
永远屹立天地之中。

2011年7月24日

丹水情

你从秦岭脚下走来，
穿山越岭是你的豪迈，
你一出生就与众不同，
小三峡展现你的风采。
你哺育的土地那样可爱，
丹淅大地是那样富庶精彩。
楚的第一个国都丹阳，
就是你孕育怀胎。
明眸皓齿，顾盼生辉，
你天生就是美人胚胎。
你生育的骄傲儿子范蠡，
确有经天纬地之材。
扶越灭吴，激流勇退，
三聚三散，功名自埋。
不留恋那高官大财，
英雄终携西子归来。
新时代移山造海，

你的面貌重新更改。
你成了亚洲第一淡水湖，
你成了豫西南的内陆海。
烟波百里是你新的风采，
水天一色是你的现在。
航船齐发是你的身姿，
沙鸥翔聚是你的青睐。
中原在把你焦急地等待，
华北在把你焦急地等待，
京津在把你焦急地等待，
北中国在焦渴地等待你的到来。
于是舍小顾大奉献你的大爱，
二十年的背井离乡显示你的割爱。
于是你唱出了丹水儿女最壮丽的搬迁歌，
全世界的华夏赤子都把你深深地爱戴。
你将在陶岔的华丽一拐，
会成为全球上最亮丽的华彩。
你将会功追大禹，
你将把李冰超盖。
中华将因你景更美，
长城将因你更气派，

悠悠文明，泱泱大国，
将把你传颂千秋万代。

2012年8月12日于丹江船上

永远的焦裕禄

焦裕禄啊焦裕禄，
你是人民的好公仆。
在桐花飘香的日子，
人们又把你深深想起。

焦裕禄啊焦裕禄，
你是人民的好儿子。
你心中装满群众，
唯独没有自己。
你身上镌刻党的宗旨，
为人民服务就是你的全部。

焦裕禄啊焦裕禄，
你有实事求是的好品质。
你有极大的政治勇气，
党的红线牢记心底。
反对不着实际的假大空，

首先考虑的是兰考人民的穿和吃。

焦裕禄啊焦裕禄，
你是敢于担当的好汉子。
你敢于在困难面前逞英雄，
你立下了敢叫日月换新天的宏志。
抗风沙、治内涝、斗盐碱你豪情万丈，
焦桐里还留存着奋斗的记忆。

焦裕禄啊焦裕禄，
你是艰苦朴素的明镜子。
和群众同吃同住同劳动，
住牛屋吃素食穿粗衣。
你艰苦奋斗的事迹，
至今还传颂在神州大地。

焦裕禄啊焦裕禄，
你是道德情操的高旗帜。
你亲手制定十不准不特殊，
你廉洁奉公不为己。
你超越了一切封建士大夫的情趣，
你高过了一切资本人士的中立。

焦裕禄啊焦裕禄，
你是一个准标尺。
是否真正的共产党人，
你一量就量出了差距。
是否真正的公仆，
你一比就比出了距离。

焦裕禄啊焦裕禄，
你是群众的好干部。
你为群众累死，
万人为你痛哭。
鬼神若见，
鬼神也服。

焦裕禄啊焦裕禄，
你是熊熊燃烧的火炬。
你照亮了前进的方向，
你能凝聚振兴的伟大力量。
如果千千万万的干部以你为榜样，
一定能实现中国梦的崇高理想。

焦裕禄啊焦裕禄，

你是一座永远不朽的宝库。

伟大的焦裕禄精神，

具有穿越时空的魅力。

她永远激励着我们奋斗，

她会使祖国在世界屹立！

2014年3月29日早晨写在怀念焦裕禄的日子里

春风到南阳

春风到南阳，
南阳真丽靓。
好似村姑刚打扮，
恰像少女方梳妆。
慢些赏，
白河两岸赛天堂。
快去看，
丹江渠首牵肝肠。
瞧，成群结队哪里去？
南阳宝地踏春场。
听，林中深处什么响？
一曲山歌正嘹亮。
南阳啊，南阳，仲春一到千山畅。
南阳啊，南阳，
二月莅临万水唱。
鸟语花香满盆地，
春和景明永难忘。

南北风景聚斯里，
谁不钟情谁不往。

2017年3月7日于南阳道中

商祖颂

天命玄鸟降生商，
薪火相传源流长。
高祖王亥德无量，
治水有功佐高堂。
仁惠斯民品行嘉，
革故鼎新百业旺。
石破天惊造牛车，
神鬼哭泣训牛方。
以物易物交友邦，
仁义诚信商德扬。
从此以后商人出，
华商始祖誉为王。
富民富国富天下，
互利互惠互舒畅。
阏伯火神世代仰，
王亥功德万古芳。
拜罢商神忽一思，

商发之地该富藏。

王亥庇护会有时，

华商大会孕希望。

试看明日商始丘，

金山银山非妄想。

为感商情赋商颂，

心中大海似翻江。

2017年2月19日于商郑道中

汝 瓷

你是汝州的名片
你有风华绝代的芳容
你是洛神宓妃的再现
灿如朝霞之初升
灼若芙蕖之玉颜
气若幽兰令人怜
芳华四射忘进餐
多少人为你魂不守舍
多少人为你梦萦神牵

你是洛阳的宠儿
你是瓷中的状元
你是牡丹的又一化身
你是仙子下凡间
雍容华贵是气质
国色天香若神仙
人人视你如宝物

个个爱你似牡丹

你是中州的骄傲
你是雨过天晴的一抹蓝
你是工匠的杰作
你是劳动者的血汗
你似玉非玉胜于玉
品质坚韧声清婉
光泽温润色绚烂
你炉火纯青瓷中梅
你中华瑰宝永传诗篇

2017年6月8日晨于汝州

天中郁金香

春分时节花海洋，
百花盛开竞其昌。
嵖岈山下花世界，
最靓还是郁金香。
千亩郁金惹人醉，
万朵花开真堪赏。
中国粉开正品性，
复瓣公主纯金黄。
动人心魄夜皇后，
浪漫情怀法国光。
五颜六色迷人眼，
阳光明媚尘世忘。
此情此景何所似，
犹如荷兰看花王。
若问何处郁金美，
荷国郁金带海样。
中国中土花最宜，

天中郁金分外芳。
为感盛情一歌唱，
情谊更比花期长。

2018年3月23日

洛阳赏牡丹

谷雨时节回故乡，
清风细雨看花王。
邙山土厚花最宜，
牡丹花开真堪赏。
魏紫奇秀真国色，
姚黄如绢溢天香。
赵粉美人刚打扮，
洛阳红花最端庄。
黑色丽人亦动人，
白色公主如雪霜。
东瀛牡丹小娇丽，
亦在园内竞其靓。
太空牡丹大似盘，
从天而降展瑞祥。
陇上牡丹来帝都，
牡丹园中献别样。
五艳六色皆绝世，

天下颜色属洛阳。
唯有牡丹真仙子，
花开时节惊四方。
况是盛世开富贵，
此时牡丹分外芳。
杂花小卉虽多看，
不看花王虚一场。
此生此世看牡丹，
又有何思又何想。

2018年4月21日邙山牡丹园看牡丹草记

许昌感城

行在北方城市内，
分明处处碧水清。
行在北方城市里，
分明片片树林青。
五湖四海畔三川，
二环一水伴莲城。
满城鲜花迎人笑，
城市建在公园中。
小满时节惹人醉，
不知身在何处行。
似在城市中心处，
正值中央公园逢。
行在鹿鸣湖畔里，
好似耳边恍鹿鸣。
彳亍芙蓉公园内，
犹见满园开芙蓉。

北中南东四海看，
见水心中何清明。
谁知许都原缺水，
城市有水变灵动。
四海之上龙飞腾，
犹如置身在蓬瀛。
中海旁边建周庄，
江南水乡许昌生。
有水好似海边住，
有树犹如生林丛。
园林生态宜人居，
美丽家园正憧憬。
气候宜人无污染，
道路整洁真干净。
环境优雅直可羡，
美好城市一典型。
人与自然和谐处，
未来城市不是梦。

2018年5月24许昌行感

防疫行

老夫到龄除夕天，
正在家里过大年。
晴天霹雳一声响，
中枢九重忽闪电。
冠状病毒肆华夏，
传说病源缘武汉。
初二上班商对策，
拳拳赤心献杏坛。
初三奉命巡焦城，
督办检查严把关。
人人有责口罩戴，
个个上阵将魔战。
蜗居在家行人少，
哪见春节锣鼓喧。
有说病毒实温疫，
又谈蝙蝠乃鼠变。
有说禁食野动物，

又言三怕火雷山。

恰逢春节又防疫，

复兴路上一考验。

举国体制共赴难，

众志成城同心圆。

口诛手伐魔何逃，

万里河山红旗展。

待到春暖花开日，

依然明媚春光灿。

2020年元月27日

庚子春节杂感

一

春节本应是锣鼓震天，
谁见过千村万户居家休闲。
春节本应是万家团圆日，
谁知道庚子春节经历了防疫大战。
街头寂静车马稀，
代替了千家万户的大团圆。
一家人蜗居自食饭，
代替了走亲访友大联欢。
满街的口罩，
是庚子新年的标签。

二

这一切亘古未见，
这一切与冠状病毒有关。
过大年的同胞，
正在经受考验，
正在进行无硝烟的抗战。
战场不在他处，
就在自己身边。
敌人就是病毒，
责任重于泰山。
14亿人都是战士，
960万平方公里都是战线。
对手远在天边，
敌人就在眼前。

三

武汉止戈的汉江，
湖北九省通衢的地方。
武汉令人神往的城市，
江城曾有过多少光荣和梦想。
白云黄鹤地，
龟蛇锁大江。
九头神鸟集，
磨山梅花香。
俞伯牙钟子期，
高山流水有知己。
紧走慢走，
一天走不出汉口。
商贾云集，
华中雄伟的商业地。
科技林立，
高校遍地杏坛密。
英雄的城市，华夏的腹肌。
这一次却因冠状病毒的折磨，
而痛苦抽泣。

四

九重宫阙春雷响起，
抗疫的硝烟弥漫中华大地。
从长江两岸，
到岭南塞北。
从大河上下，
到东海西域。
从座座城市，
到个个社区。
从条条道路，
到家家户户。
从田间地头，
到村庄乡里。
都成了抗疫的阵地，
都飘扬着抗疫的战旗。
蜗居在家，
也成了冲锋的战士。
勤洗手，戴口罩，
也成了别样的美丽。
驰向疫区的白衣战士，

展现了逆行者的壮举。
解放军，子弟兵，
勇敢地迈向武汉战区。
给人民信心和勇气，
他们才更加可歌可泣。
钟南山，李兰娟，
民族脊梁，抗疫双奇。
有他们同在，
就平添了抗疫的豪气。
万众一心抗瘟疫，
众志成城擒毒魔。
举国上下齐努力，
人民战争威无敌。
移山填海不是梦，
夸父追日曾有之。
纸船明烛遍燃起，
战胜瘟神终胜利。

五

正在飞奔的列车，
突然来了个急刹车。
准备欢渡春节的城镇人们，
忽然成了安静的小区乡村。
春节带上了口罩，
元宵节没有了热闹。
正月十五雪打灯，
看灯人儿在家中。
一个长长的假期，
给人无尽的反思。
经济社会自然人类是该和谐的，
人吃野生动物就违背了天道。
伟大的老子曾经告诫过我们，
犹言在耳。
人法地，地法天，
天法道，道法自然。
违背了先哲的遗训，
就带来了深刻的教训。
一阴一阳谓之道，

这是一个阴阳平衡的宇宙。
适者生存优胜劣汰，
这是一个微生物病毒共生的天地。
多派相处多元相克，
这是一个诸神并立的世界。
需要欢乐也需要宁静，
需要奔跑也需要思考。
宁静让我们感到科学的重要，
天公和女神一个也不能少。
蒙昧需要启蒙，
安全卫生要记牢。
什么蝠鹿宴，
什么万家欢。
农耕文化的陋习应改变，
科学生活如春召唤。
我们在阵疼中应觉醒，
我们在浴火中会重生。
一只展翅飞翔的凤凰，
正在华厦的天空升腾。
一个万物复苏的春天，
正在孕育之中。

六

经过这次凤凰涅磐，
经过这次浴火重生。
也给我们一次剧烈的疼痛，
也使我们猛然惊醒。

我们这个民族有巨大的凝聚力，
这才使她有了五千年不间断的文明。
我们这个国家有面对挫折的勇气，
这才使她经历一次次危机还能一次次坚挺。

但是，这也是我们一次沉思的良机，
牡丹花和樱花同样美丽。
紫罗兰和玫瑰花同样芳香，
百花园中百花齐放。

七音和鸣才有了优雅的琴声，
众鸟合唱才有了百鸟朝凤。
如果只有单弦独奏，
乐界就少了扣人心弦的动听。

有高亢的黄钟大吕，

也有低沉的钟乐瓦釜。

丰富多彩自然界，

清丽婉啭呈天籁。

七

己亥冬厉春来迟，
凌寒梅开发先枝。
都说梅花耐冬寒，
哪如医者堪歌之。
众人皆在家躲疫，
唯有医护武汉去。
那里疫重更堪忧，
赴汤蹈火真战士。
更堪歌者白衣使，
湖北竟聚四万余。
执锐披甲上战场，
为国感染三千例。
毒魔凶残真顽敌，
人民医护鲜血滴。
和平年代最爱者，
英勇无畏感天地。
陈薇将军乃战神，
军中之花秀英姿。
率先火速到前沿，

克星歼敌写传奇。
院士战士李兰娟，
古稀逆行谁能比。
封城最先提出议，
神策价值连城璧。
还有无名削秀发，
只为歼敌更便利。
天下颜色皆暗然，
铿锵玫瑰开阵地。
吃尽千辛和万苦，
付出生命与头颅。
赢得江城苍生慰，
迎来春天百花丽。
滚滚长江会铭记，
悠悠黄鹤肃敬礼。
国医逆行显大义，
庚子记年永屹立。

2020年3月6日晨

医者荣归

——写在欢迎河南抗疫支援武汉医疗队荣归的时刻

三月春光美，
医者载誉归。
美人梅含笑，
樱花盈眼泪。
长江不舍你，
黄鹤楼低垂。
晴川树记君，
鹦鹉洲留音。
告别武汉城，
荣离鄂湖北。
新冠施横时，
勇敢逆行人。
疾风知劲草，
烈火炼真金。
时代最爱者，
舍君还有谁。

执甲白衣使，
战魔防护盾。
犹如铁长城，
阻击为人民。
一地若有难，
八方汇爱心。
祖国三十省，
中华一家亲。
四万天使聚，
无坚不可摧。
奋战六十日，
壮举泣鬼神。
口罩遮脸面，
秀颜道道痕。
忘食常常有，
仅仅方支身。
辛勤一天天，
夜夜难安寝。
杜鹃夜啼血，
东风终唤回。
激战擒毒魔，
江城捷报飞。

冬雪已过去，
仲春花正菲。
桃李依然艳，
梅樱花开芬。
今日欲离汉，
长礼送至尊。
黄河长江情，
二者何其深。
山水本相连，
豫鄂近比邻。
英雄归来时，
鲜花献壮士。
长号鸣声声，
礼车恭相迎。
中原好儿女，
品行真琼瑛。
父母盼望你，
怜草三春晖。
爱人渴望汝，
拥抱显温馨。
小儿思念母，
幼鸟巢中吟。

悠悠岁月过，
青史当记存。
和平年代里，
医者乃大仁。
放歌颂英雄，
聊表敬仰情。

2020年3月19日

在希望中萌生

这是一场亘古未有的旷景
这是一场没有硝烟的战争
疫情就是命令
责任重于泰山
14亿人都是战士
960万平方公里都是战场

大河上下
长江两岸
东海西域
塞北南疆
抗疫的战旗
在中华大地上猎猎飘扬

奔向疫区的白衣天使
展现着逆行者的壮举
钟南山、李兰娟

给了我们
给了我们豪情和力量

集结武汉的子弟兵
给人民带来信心和勇气
戴口罩 蜗居抗疫
守候英雄
等待英雄
迎接英雄
早日下战场

我们在阻击中锤炼
我们在浴火中重生
展翅飞翔的凤凰
正在华夏的天空中升腾

我们在阻击中锤炼
我们在浴火中重生
生机勃勃的春天
正在希望中萌芽生长